17
小刀鋒利◎著
萬界重啟

CONTENTS

目錄

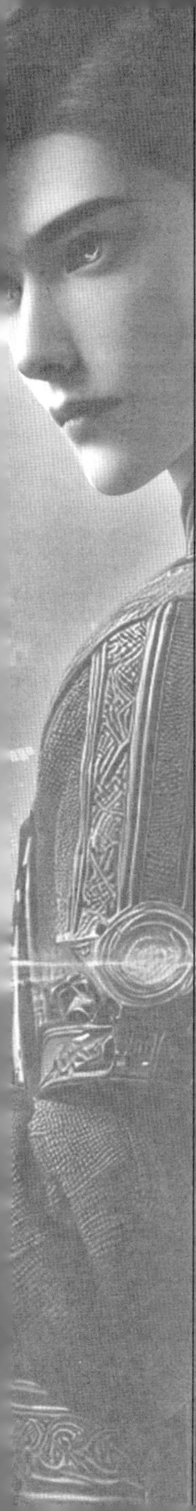

第一章

翻臉

過去諸多宗門古教覺得普通人和低級修行者很可憐，如螻蟻一般，命運完全不能自我掌控。

隨著這場二十多年前的災變，越來越多境界高深的修行者，突然發現自己跟那些普通人和境界低微的修行者沒什麼區別，當諸天通道開啟，大乘期跟飛升期修士同樣是身不由己！

人們終於意識到，世間蒼生，幾乎沒有什麼不同的，所有人都他媽一樣！幕後黑手太惡劣！

如果結盟、加入沒有意義，為何不早點說？但凡最初就知道，那每一個世界肯定都會緊密團結在一起，即使曾經有再深的恩怨，也會為了世界的生，暫時放下所有成見。

可惜任何情緒，對高高在上的主宰者來說都沒有任何意義，隨著這條訊息的出現，原本就在對峙的這群人剎那間涇渭分明。

就在這時，許彌出現在這裡，看著現場這狀態，他甚至都有種感覺，那只幕後黑手，始終在盯著所有人的一舉一動。

很惡劣，在關鍵時刻攪混水，推波助瀾，生怕諸天萬界打不起來，所有人在看見許彌的那一刻，臉上表情都顯得有些複雜。

剛剛即使因為這株大藥而對峙，所有人依然把許彌當成陣營的驕傲，最欣賞的蓋世天驕！

可是現在，看到這個玉樹臨風的年輕走過來，很多人的第一想法直接變成了——要不要趁這機會把他給幹掉？

秦國這群年輕人有點太凶，尤其許彌跟林瑜，一旦讓他們成長起來，幾乎無人能敵！

一界生，萬界落，所以，只能對不起了。

曾經的盟友，天瀾古教的幾名飛升期修士不動聲色地看向許彌，這種境界的大修士想要鎖定別人，根本無需起心動念，如同猛虎狩獵，一擊必殺。

在他們眼中，許彌雖是年輕一代最為頂級的天之驕子，終究資歷尚淺，實力有限，越級打個大乘或許很輕鬆，但再怎麼妖孽，也威脅不到他們。

那株聖藥還在不遠處散發著奇詭的光，光芒中各種高階符號若隱若現，那是法則的具現，迄今為止，還沒人能成功破解。

星仙宗的幾位飛升期修士神色略顯尷尬，他們是真的看好許彌，也是真的非常喜歡這個年輕人，之前的加入也並非虛假，可偏偏，造化弄人。

那幕後黑手冷酷且邪惡，沒有感情，非要讓這群人自相殘殺，生與落之間，是對人性的最大考驗。

一名星仙宗飛升期修士嘆了口氣，看向許彌道：「孩子，你來做什麼？」

同時，他也在用精神密語提醒許彌。

「趕緊走吧，不要在這裡出現，秦國必亡，此非人力所能抗，帶上你的道侶和朋友立即遠走高飛，我們是真的不想親手毀掉你們這群很好的孩子，可你也看到了，天瀾古教以及其他很多勢力，他們已經起了殺心。」

這位飛升期修士已經足夠仁義，身分轉換之後，還能說出這樣一番話，即便許彌也覺得很夠意思了。

這時，有人冷冷說道：「星仙宗的前輩，你這是想要放走一個強大的敵人嗎？」

說話這人，同樣也是一名飛升期修士，一身境界處在巔峰，擁有截獲精神密語能力，也不足為奇。

剛剛提醒許彌的星仙宗修士，並未露出意外之色，表情淡然的開口。

「什麼是敵人？你、我，和許彌之間，有什麼分別嗎？」

另一名星仙宗飛升期修士也是出聲附和。

「這場諸天萬界的戰爭，本就是荒謬的，是人為造成的，別說我們之間，即便是天使殿那邊，也談不上是敵人。」

這時，天瀾古教教主丁奇，一名看上去只有三十出頭，相貌英俊的青年更是霸道宣示。

「事已至此，再說這些沒什麼意義，這株聖藥，還有這場諸天爭霸，我們天瀾古教都要了。」

此話一出，紛紛有人出聲嘲諷。

「憑什麼？」

「呵呵，你就不擔心我們暫時聯合起來，先把你們天瀾古教給推了？」

「還真是大言不慚，真以為名傳諸天，就可以震懾諸天了？」

「列位，秦國並不可怕，他們連一個飛升期都沒有，不過因為有許彌、林瑜，還有可佈下恐怖殺陣的那群年輕人，才會令人擔憂，要說真正的勁敵，其實還是天瀾古教這種，我等不如聯合起來！」

在場這群『大議會』的飛升期修士，換做往日都是一方雄主，哪怕身後陣營沒有天瀾古教強大，心中亦無多少畏懼。

一些處在飛升巔峰狀態的修士，說起話來全都肆無忌憚，並不介意當著天瀾古教的人面討論這些。

「你們難道就沒有注意一件事嗎？」

天瀾教主丁奇微微一笑，隨後眾人紛紛望向他。

「少賣關子！」

「大家都是一個境界的，擱這裝神弄鬼給誰看？」

面對隨之而來的罵聲，丁奇不以為意地，緩緩說著。

「從始至終，我們天瀾古教自身幾乎沒有任何戰損，當然，我知道你們也沒有，因為先後幾次，其實都是秦國出力最多，包括剛剛一戰定乾坤，也是秦國一群年輕天驕佈下的絕世法陣在發力，可你們難道就沒發現，天瀾古教所在的世界，全都在秦陣營當中，並且……分散在秦國各個城市嗎？」

這番話一出，很多人面色微變，更有人不服氣的反問。

「那又怎樣？你們天瀾在那世界一家獨大，剩下那些，又有多少底蘊？」

丁奇微微一笑，搖了搖頭的解釋。

「你錯了，天瀾古教確實是那一界最強修行教派，可在那個世界的其他修行教派也並不弱，你們或許不清楚，這麼說吧，咱們大議會一共四百九十八人，我們那個世界，還有九十多個飛升期，並未進入大議會！」

現場頓時一片沉默，很多人都沒想到會是這樣。

「這不可能！」

「簡直荒謬，一個世界，怎麼可能有那麼多的飛升期？」

「笑話，你們世界有多少資源？」

丁奇看著這些人，臉上笑容絲毫不減。

「諸位可以不信，不過等我們拿到這株聖藥之後，回去那邊，自然就會看見，每座大城都會升起天瀾教旗，也會看到原本的秦國新聞，變成天瀾新聞！」

丁奇看向許彌，遺憾的微微搖頭。

「真的很遺憾，原本是想把你收入天瀾，甚至想要培養你做接班人，可惜造化弄人。」

對此，許彌開口詢問。

「按照你剛剛說的，應該是從很久以前就開始佈局了？」

丁奇一臉坦然地點點頭，並不沒有否認。

「不錯，從一開始我們就不是很相信加入之後會沒事，如果說同宗同源，擁有共同先祖就沒事，那還說什麼諸天萬界之爭？不如乾脆一點，來個諸天種族之戰，直接把天使殿那群異域生靈清了就好了。」

許彌點點頭，這樣的話，接下來動手，他心中的愧疚也會減少幾分。

許彌沒有貿然去跟天瀾古教之外的這些陣營臨時結盟，如今又再次回到了最初那種狀態，沒有人甘心自身所處的世界氣運徹底枯竭，更不甘心從此修行路斷。

兔子急了還咬人呢，更別說心高氣傲，站在修行界之巔這群修士？

「既然如此，那這裡晚輩就不參與了，誰取聖藥誰便可升仙，自然可以贏下這場氣運之戰，晚輩雖然年輕，無論境界資歷都沒辦法跟天瀾古教諸位前輩比，但終究是秦國人，即便身死，也要死在國內。」

許彌面色平靜，朝丁奇一拱手。

「告辭！」

看似退讓的一番話，實際卻相當狠辣，提醒在場眾人，不要盯著我和秦國這群年輕人，你們要盯著那株聖藥。

誰得到誰成仙，誰成仙，誰也就擁有了逆天改命，贏下這場氣運之戰的機會！

哪怕明知道許彌是為了自保，才用這樣一番話去挑撥他們，所有人也不得不認，陽謀之所以厲害，原因就在這裡。

一名天瀾古教的副教主站出來，正是曾經直面紫氣道宗謝岳那位大乘巔峰。

天瀾副教主羅雲，目光平和地看向許彌，道：「既然已經是敵人，那就不要走了。」

許彌問道：「你要殺我？」

雙方雖然沒有太深的交集，卻也曾煮茶論道，交流愉快。

羅雲回道：「殺什麼的，有點過了，廢去一身修為也就是了，其實做個普通人也沒什麼不好，隨世界浮沉，以後各種紛擾，也就與你無關了。」

許彌冷笑道：「我是不是還得感謝你不殺之恩了？」

羅雲道：「倒也不必。」

飛升期的修士自恃身分，不會輕易下場針對他這種後生晚輩，羅雲這種在修行界算是中生代的人，自然就得主動站出來當這惡人。

許彌嘆了口氣，計畫失敗了，自己和林老師，以及糖糖這群人的成長速度跟能力引起了所有強者的忌憚，所以在強者眼中，秦國和天瀾古教的地位大概是差不多，都需要第一時間除掉。

羅雲沒給許彌太多思考的時間，邁步上前，迅速出手了！

許彌身形一閃，看似就要遠遁，有天瀾古教的人大聲叫道：「秦國這群年輕天驕實力如何大家有目共睹，尤其許彌，說是這個世界的位面之子也不為過，大家一起出手，先幹掉他再說……」

這人話音未落，一道恐怖神通驟然從天而降，落到他的身上，當場就將防禦光幕給打碎。

這名大乘期的修士的聲音還在天地間迴盪，人卻被這道神通打成了渣！

出手的是星仙宗一名飛升期修士。

「你們天瀾古教最危險！擱這挑唆什麼？諸位道友，到底誰威脅最大，你們自己心裡清楚，怎麼選擇是你們的自由，我們星仙宗不想死，先動手為敬！」

五、六個星仙宗的飛升毫不猶豫，朝著人數眾多的天瀾古教這邊便撲殺過來。

他們的目標也很明確，第一波攻擊的，就是天瀾古教那些大乘期修士，儘管所有人都有防備，終究差著一個大境界。

天瀾古教這邊瞬間就出現了嚴重傷亡，星仙宗這群人手段足夠狠辣，一出手便是不留餘地的絕殺，甚至連聖藥都不顧了！

丁奇又驚又怒，咆哮著催動強大法則之力，殺入戰場，要將這群星仙宗的飛升修士給滅殺。

這個秘境頓時就亂套了，有人被星仙宗給說動心，都知道天瀾古教確實太強大，不把他們滅掉，大家都沒機會，於是紛紛咬牙朝著天瀾古教這邊殺過來。

也有人對此無動於衷，選擇冷眼旁觀，當然，這並非目的，他們真正想要的，其實還是趁亂取走那株聖藥！

這處秘境不算小，卻也難以承載數百名飛升期，以及上萬大乘期的戰鬥，戰火很快就蔓延了整個秘境！

如此一來，就算是覬覦聖藥，想趁機嘗試破解的那些人也被動捲入進來，除去少數昔日有交情的不同陣營的人，下意識避開彼此，其他人幾乎全都一股腦撲向有著天瀾古教服飾的人。

飛升期修士的戰鬥很恐怖，大乘期的也不遑多讓，同樣壯觀無比，人們心中都有桿秤，秦國是未來，天瀾古教……才是當下！

許彌跑的很快，目的也很明確，秘境入口，他不是不能以一己之力抗擊諸敵，但沒必要。

牛魔王已經明確跟許彌說，要學會忍，但凡有一種辦法，能讓這群人自己打起來，他也不願動手，不想過多引起幕後黑手的關注。

羅雲在後面追趕，用神念波動淡淡說道：「年輕人別跑了，沒有意義的，與其屈辱的被殺，不如停下腳步與我一戰，也可轟轟烈烈的死去。」

許彌這會兒已經瞬移到秘境入口處，嗖的一下，身形消失在這裡。

羅雲緊隨其後追趕出來，剛一出來，就有一股恐怖的心悸感驟然襲來，一道雪亮刀光，剎那便已斬到他眼前。

羅雲發出一聲大叫，身上符文光幕層層疊疊，法衣光芒爆閃，更有一套黑色甲冑頃刻間顯化出來，將他從頭到腳都給包裹起來。

「敢偷襲！」

羅雲怒吼一聲，祭出一件法器，想要抵擋，然而根本來不及將其啟動，脫口而出的一聲怒吼也成了他人生最後說出的話。

許彌斬出的這一刀，融合了開天闢地的法，既斬肉身，又殺神魂。

羅雲身上的多層防禦光幕連符文被磨滅過程都沒有，如同一個泡沫，剎那被戳破，大師親手鍛造出的極品甲冑和法衣，完全擋不住這蘊藏仙道法則的一刀。

羅雲人被劈開了，卻沒有鮮血四濺的殘酷畫面，血肉與骨骼在可怕法則的作用下，直接化作微小到不可見的粒子，被一刀斬爆了，就連身上的各種法器、包括儲物法器，都跟著一併化成了虛無。

正巧這時，又有幾道身影從秘境中鑽出，剛好看見這一幕，這是幾個不放心副教主一個人，怕外面有埋伏的天瀾古教大乘修士。

出來瞬間幾人全都傻眼了，目眥欲裂，頭皮發麻，一股寒氣從頭涼到腳。

許彌並沒有給他們說話的機會，又是幾刀劈出去，送這群曾經的盟友歸西。

「如果有朝一日我真擁有重啟萬界的能力，會給你們世界一個交代，但現在，對不起了。」

許彌默默運行金烏星辰訣，這古老心法很厲害，根腳不凡，即便他如今已然踏入半仙之境，依然沒有絲毫落伍。

隨著心法的催動，一股淡淡氣韻散發出來，很快將許彌徹底籠罩起來，如今就算是有飛升期的修士出現在這裡，也會下意識把他給忽略掉。

這是屬於仙的領域，儘管這個世界是三維的，許彌這個半仙，隨時可以進入到更高維度。

而當許彌動用仙的領域時，也能感受到這個空間並不像原本看見的那樣，似乎有重疊交叉的跡象，但這需要他持續不斷的動用仙法去尋找，才能真正窺見神秘。

許彌心中亦有些猜測，或許仙界並不遙遠，而是……就在身邊！

許彌再次順著秘境入口進來，裡面已經亂成一片。

天瀾古教確實是被針對了，秦陣營這邊以星仙宗為首，一群飛升期修士心照不宣，不約而同地朝他們發動了絕殺。

天瀾古教的飛升期修士再怎麼強勢，也難以抵擋如此眾多的對手同時對他們下手。

不過這群人也夠狠，憑藉超強的底蘊，通過各種防禦法器、戰衣和防禦光幕扛著無數神通攻擊，然後逮住一個人就開始下死手。

還真別說，憑著這股不要命的勁兒，的確讓他們成功幹掉數人。

尤其是教主丁奇，當年便是一代奇才，按照名望和地位，在他那個時代，遠勝過如今的許彌跟林瑜，一身戰力恐怖無雙，以寡敵眾，不僅絲毫不落下風，還能隨時爆發出超強神通給予對手重創。

雙方戰鬥過程中幾乎都沒怎麼互放狠話，都知道沒有意義，這就是一場關於生存的戰爭。

諸天萬界好比一個巨大的水庫，各大修行陣營就是這水庫裡面的一個個魚群，在只能活一個魚群的情況下，混戰與廝殺不可避免，沒有誰能獨善其身。

除了許彌，他靜靜看著整個秘境都在爆發恐怖戰爭，悄然往那株聖藥跟前溜達過去，憑藉身上散發出的仙氣遮蔽，他的動作算得上是光明正大。

這裡也有不少人在戰鬥，聰明人總是有的，因為這株聖藥散發出的氣息非常厲害，有人便用它充當掩體，躲避敵人攻擊。

許彌來到這裡的時候，聖藥附近已經被徹底打成了一片焦土。

在發現無論怎麼打都不會傷到這株大藥後，所有人都不在乎了，肆無忌憚，打得天昏地暗。

有些恐怖的能量亂流就連許彌都得躲著點，雖然傷不到他，但容易暴露，影響到人家打架就不好了。

許彌打算好好研究下這株大藥，先前覺得跟自己無關，從來沒關注過，沒想到竟然很快突破到這種境界，現在已經不是有沒有資格的問題。

許彌想要，誰都攔不住，但是需要看清楚之後再做決定。

如果這是一株吃了提升一個大境界的聖藥，那麼對許彌來說，僅存的意義就是留給身邊人。

林老師都不需要，那個驕傲的女人，肯定會拒絕的，許彌也相信她憑藉自身能力，加上自己分享給她那些道與法，可以成功突破。

剩下的身邊人當中，唐悅溪跟董佩雲、莫璃、沈淑貞、雷季誠幾人也都有機會自我突破，其他人要麼天賦差了些，要麼就是境界差的比較多。

所以，這株引發諸天修士爭奪的寶藥，對許彌來說還真的算不上是必須品。

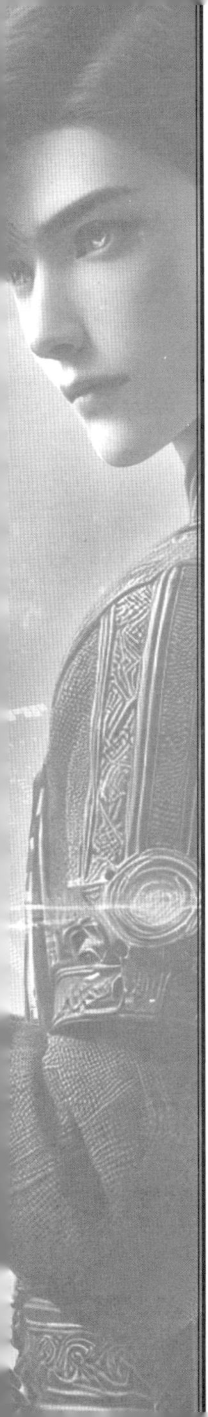

第二章

一株草

許彌來到大藥附近，靜靜站立，進行各種嘗試，打算跟大藥外面的防禦光幕形成同頻。

可就在這時，精神識海突然間傳來一道極為冷漠的神念波動，把他給嚇一跳！

「離我遠點，不想參與戰鬥就靜靜地看著，本座不是藥，是監視你們的使者！」

詭！許彌心頭一動，隨即便有一股無名火生出。

不是大藥？合著這麼長時間，生長在這裡的，是幕後黑手派出來監控天下的使者？

許彌沒說什麼，而是將仙力加持到雙眼之上，對著這道散發著『野生符號』的光幕認真觀察。

果然，裡面那株大藥不過是個投影，欺騙性極強，若非他擁有仙力，根本無法辨別。

真身是個面如冠玉神情冷漠，盤膝坐在那裡的青年，當許彌的目光穿透光幕，落到他身上那一刻，他立即有所警覺。

青年心中暗道：「尊主說的果然沒錯，這個世界的確被人動過手腳，留下特殊道統，養出氣運之子，很好，很快應該就可以勝出，隨我們回去了！」

青年很清楚自己被看穿了，但他並不覺得這有什麼，反正這場戰爭，也已經進入到尾聲。

而許彌卻利用金綠雙色的強大精神識海，與海上七彩蓮花共振，透過光幕，已經可以朦朧的感知到對方一些思想活動。

「這人有些異乎尋常的強大，按照尊主的說法，這世界被人動了手腳，必須讓我親自走一趟才能保證任務不出問題，如今看來，尊主是對的，這樣的人，的確有資格成為探路人，為我們做事，只是他的成長速度有些太快了，他還違規操作，弄什麼諸天同宗陣營聯盟，差點壞了事，我要不要給他個下馬威？」

許彌裝作什麼都不知道的樣子，散發出神念波動詢問這人。

「能跟我說說，這一切到底是怎麼回事嗎？你是什麼人？來自哪裡？為什麼要引發這場波及甚廣的劫難？」

「你不需要知道那麼多，不該問的別問，你只要知道，我們既然有能力造成當下這種局面，自然有能力毀掉這個世界的所有生靈！」

光幕中的青年冷漠回應，隨後他隔著光幕，與許彌平靜對視。

「作為這場諸天氣運戰的最終勝利者，你已經可以成功保護住自身所在世界的所有人，所以不要自誤，生出其他事端，對你沒有任何好處！」

「有什麼事情是不能溝通的呢？要不你放我進去，咱們開誠佈公好好聊聊，你現在不和我說，以後我也總會知道的，不是嗎？」

許彌在說這番話的同時，已經通過金烏星辰訣找到光幕頻率，形成一定程度的共振，隨時可以進入！

對這青年的境界，心中也有數了，他不如自己，儘管這看上去多少有些荒謬，幕後黑手身邊派出來的使者，居然不是仙？派個廢物來幹什麼？

青年冷眼看著許彌，他可不認為自己不如這個下界的年輕人，且不說他身上有很多尊主給的仙器，就算不用這些，他也有信心橫掃這個世界的所有人。

所以，許彌的糾纏讓他有點煩，冷哼一聲。

「不識好歹的東西！」

一股冰冷意念，猛然間順著光幕轟出來，在穿過光幕那一剎那，那些奇異符號猛然閃爍一下，瞬間將這股意念加持得十分強大，以一種極為刁鑽的方式，就要轟入許彌精神識海。

至於會不會引起那些正在戰鬥的人的注意，青年根本不在乎。

眼前這氣運之子雖然不如自己，擊敗這群人根本沒問題，許彌卻自己不動手，讓對方自相殘殺，有點無恥，不過用來執行那樁任務，卻是非常適合。

即便如此，青年還是想要給許彌一點教訓，讓他明白——你再強，也不過是小池塘裡面一條體型稍微大點的魚，而我，是漁夫！

精神力量泥牛入海，並沒有引起任何波瀾，青年反倒看見光幕外面的許彌微微皺起眉頭，當下心頭微微一緊，莫名有些發慌。

下一刻，光幕外的許彌傳遞進來一道冰冷意念。

「無冤無仇，你想要我命？」

「我沒……」

這青年話音未落，卻看見許彌穿過光幕走了進來，被光幕籠罩的這片區域不算大，大概也就一百多平方。

許彌進來之後，身形看似很慢，實則極快，剎那間便出現在這青年面前，不等對方做出任何反應。

嘭的一下抓住青年衣領，生生將這青年給拎了起來，青年整個人都驚呆了，兩條原本盤膝的腿亂蹬。

啪！臉上挨了重重一記耳光，腦瓜子都嗡嗡的，嘴角有鮮血流淌出來。

「狗東西，你想要我命？」

「我……」

青年大駭，不是他不想動用神通術法進行反抗，而是他發現自己一身法力竟然全部被封禁！

此刻的他，就像是個普通人，完全沒有任何反抗能力。

許彌抬手，又是一記重重的耳光抽過來。

「你還敢狡辯？」

青年眼淚都流出來，混著鼻血流淌到嘴裡，鹹鹹的，有些苦澀，這是他有生以來第一次嘗到自己淚水的味道。

「你拿我們這群人當什麼了？隨便可以碾死的螻蟻？」

還他媽漁夫？一看就是會把自己咬死的大白鯊。

如果不是這青年背後可能站著那尊幕後黑手，許彌都想乾脆一巴掌把這狗東西給打死。

「不、不是……誤會……這是一場誤會，你先把我放下，有什麼事情我們好好說！」

青年這下徹底慌了，終於明白為何出發之前，尊主交代他只需要化作一株聖藥進行欺騙，但不要做別的，等這個世界的修行者們自己打完了，把身上帶著的法旨給對方，他的任務就算完成了。

合著這種低等級的世界，竟然真有如此凶悍的修士，這哪裡是什麼池塘裡面的魚？分明是一條鯊魚！

此刻外面的激戰仍在進行，這道應該是頂級法器散發出的光幕也沒有露餡，無人知曉裡面正在發生什麼。

許彌這會兒已經從肉身和神魂雙重封印了這個青年，隨手一揮，這人身上各種儲物法器，還有幾件明顯散發著強大波動的法寶便落入他手。

這青年人都快瘋了，大聲道：「那裡面有尊主給您的法旨，你不能搶我的東西，尊主不會放過你！」

許彌抬腿，一腳踹過去，直接踹在這青年臉上，當場把他踹翻在地。

之所以如此憤怒，是因為剛剛這青年朝他轟過來這股精神力，但凡換個人，即使是林瑜，也絕對會受到重創。

不僅如此，這精神力量當中還蘊藏著強大的控制法則！

別看這狗東西現在被許彌收拾得很淒慘，像個受氣包一樣，假如剛剛他受傷，又被控制，接下來必然會遭受難以想像的屈辱。

沒發生的事情不能當作證據？按照這青年剛剛的心聲，這種事情發生的概率幾乎是百分之百！

青年終於學乖了，人要成長，很多時候都只在一瞬間，並不需要漫長的經歷，兩巴掌加一腳，在完全無力反抗的情況下，立即就會做人。

「爺，別打了，我服了，我就是個傳話的，嗚嗚……」

青年臉跟開染坊似的，鼻涕一把淚一把，許彌冷冷看著他，眼中有冰冷殺意流露出來。

「千萬別殺我，我什麼都不是，我就是尊主身邊一個童子啊！」

青年大哭，跪地求饒，此時此刻，心中甚至連一點怨念都不敢生出，生怕被對方感知到。

這種下界的蠻子，是真敢殺人啊！

「說說吧，這一切，都是怎麼回事？」

許彌沉著臉冷冷質問，青年頓時有些遲疑。

「這……」

儘管這件事情青年知道的也並不多，可哪怕只有一點點，那也都是不屬於這個世界人有資格知道的絕密。

唰！刀光一閃，青年的一條手臂斷掉，鮮血飆射。

青年發出一聲慘叫，差點疼昏過去，在法力完全被封之下，別說生出一條新的，就算想要止血都做不到。

青年倒在地上來回打滾，然後被許彌一句話就給嚇得停止動作。

「再叫喚我就弄死你！」

豆大的汗珠順著青年頭上流淌出來，滿是鮮血的臉色極度蒼白，渾身都在哆嗦，卻是再不敢動彈一下。

許彌隨手一指，斷掉的胳膊那裡，傷口止血。

青年這會兒哪裡還有半點先前的威風，哆哆嗦嗦地蜷縮在那裡，跟許彌說了很多，該說的，不該說的都說了。

基本上是把他知道的所有事情，全都交代給了許彌。

許彌靜靜聽著，腦子裡卻在飛快分析著，能封印牛魔王的存在，仙界並沒有太大問題，這是之前已知的資訊。

「探路人，一個連頂級仙人都不敢輕易涉足，需要通過大量頂尖強者前往探索的地方？」

按照這青年所說，他背後尊主，發現一處神秘之地，憑藉無上神通深入過一段距離，最終無功而返，但在過程中發現那裡蘊藏著不可思議的機緣，於是便想通過這種『諸天養蠱』的方式，聚集真正擁有大氣運之人入內探索。

這邊不過是其中的一塊『試驗田』，還有其他大世界，也在發生同樣的事情。

「也就是說，一尊實力深不可測的無上存在為了一己之私，便毫不猶豫地將這邊的無數修行世界給毀掉？」許彌心中無比震怒，道：「這人以為自己是天道嗎？天地不仁以萬物為芻狗？把所有人都視為工具，可以隨意犧牲，隨意丟棄？」

許彌從小到大經歷的二十多年人生並不長，還很年輕，但他一直很穩重，情緒向來穩定，現在卻很想殺人。

也終於明白被封禁記憶和實力的牛魔王，為何還是會那樣提醒他，即使被封印，內心深處的警覺依然在！

「我、我都說了……你別殺我，我就是個小嘍囉，我的本體也的確是一株大藥，藥性很好，不不不，只是還湊合，你別吃我，那條胳膊我不要了，送你了……」

青年痛哭流涕地求饒，眼前這臉色陰晴不定的男子雖然生得俊秀，卻一身恐怖殺意。

「你真是藥？」

許彌聞言，對這青年認真仔細地上下打量起來，直到他同時動用仙力和太乙蓮花經的神魂篇，才終於從對方精神識海發現一點端倪。

對方的識海深處，有一團很強的能量，將元神徹底護在裡面。

草，看上去很不起眼的一根草，有點類似蘭花，只有三片長條狀的葉子。

隨著許彌的注視，草有些不安的搖曳。

之前還以為這傢伙是通過法器，欺騙了諸天萬界這些大乘、飛升期的修士，合著還真是一株藥。

先前許彌並未過多關注，估計為了欺騙，還專門往外散發過一些藥性，否則這群修士也不至於鬥得如此凶殘。

「吃了你真的能成仙？」

「怎麼可能？」

青年連忙否認，然後哭著解釋。

「小妖自己都不是仙，還在幼年期，被尊主帶在身邊做童子，藥性肯定是有，但絕無可能讓人成仙。」

許彌看著已經融進土裡的那些血液，心說把他抓回去，讓霍春彩化驗一番……

想到這，許彌心中湧起幾分惆悵。

幕後黑手這個混蛋，但凡做個人，也不至於讓事情演變到現在這種程度。

許彌都不用猜，也能想到望月殿、錦繡宗這種最早就一心加入秦國，如今已經徹底融入的修行勢力中人有多絕望。

和秦國翻臉的可能性並不大，以他們的底蘊，根本不是如今秦國的對手，而且就算能擊敗秦國，又拿什麼跟天瀾古教這種龐大的頂級修行勢力鬥？

氣運枯竭，慢慢老去，幾乎已經成了他們必然的結局。

許彌將這本體是草的青年，隨手丟進儲物空間，找到支撐光幕的一件仙器，也給收起來。

下一刻，這裡的光幕突然消失了，這一幕頓時引起還在混戰的所有人注意，氣運要爭，聖藥更要爭，很多人甚至當場就停止戰鬥。

許彌身上仙氣流轉，人就站在那裡，卻沒有多少人能夠看見。

唯有少數幾個實力無限接近登仙的老輩飛升期，隱隱覺得有些不對，即使隔著維度，他們也能感應到那裡似乎站著個人。

天瀾古教已經被打崩了，教主丁奇渾身浴血，親手斃掉大量對手之後，他也沒好到哪去。

這會兒，丁奇驚疑不定地看著許彌所在方位。

「聖藥怎麼沒了？」

其他人也都有點慌了。

「聖藥呢？」

「是不是有人趁機把它偷走了？」

「這怎麼可能？明明剛剛就在那裡，怎麼一眨眼的功夫就不見了？」

一名資歷很老的飛升期修士，面色凝重地朝著許彌那裡飛去。

「感覺有些古怪……」

說話間，他驟然出手，祭出一口飛劍，朝著許彌斬來。

許彌身形微微一動，隨手一刀揮出。

咔嚓！這名飛升期修士當場就被劈了，臨死之前，他發出一股強大無匹的神魂波動——是許彌！他已經承載了諸天萬界的氣運……

隨著這道用生命換來的神念提醒，所有人都被驚呆了，看著逐漸在那顯化出身影的許彌，集體失聲，一句話都說不出。

天瀾古教的教主丁奇，在看見許彌現身那刻，眼中先是露出一抹濃烈的殺意，但只在剎那就收斂回去。

露出殺意是他覺得那株聖藥在許彌身上，收斂，是瞬間就想通了，如果真的在，足以說明許彌目前境界已經超越他的認知，尤其剛剛一刀劈殺一名老輩飛升！

丁奇自恃強大，卻也沒這本事，至於出去追殺許彌的副教主羅雲和其他幾個大乘期修士，都不用猜，肯定死了，所以只一瞬間，他眼神就變得清澈起來，甚至有些後悔，自己為何如此衝動？

氣運沒了，修行路斷，慢慢枯竭、衰敗，但壽元也遠超塵世間的普通人。

道理是這樣，可內心深處依然充滿不甘，忍不住看向四面八方渾身浴血的這群諸天萬界修士。

之前這場混戰，傷亡已經十分慘重，但活下來的依然還有很多，如果……

丁奇微微瞇著眼，正想著怎麼煽動那群人，遠方突然有人散發出強大的神念波動。

「幕後主使並未說最終獲勝的世界是哪個，說明這場諸天氣運之戰並未結束，幹掉許彌，滅了秦國！」

瞬間，有人應和。

「天瀾古教不是最大敵人，許彌才是，他已經能一刀劈殺飛升，丁奇做不到！」

這兩道強大神念猶如入耳魔音，無數人看向許彌的眼神，瞬間充滿殺意。

丁奇大喜，趁機大聲吼道：「先殺許彌，再分勝負生死！」

此時，已經有無數人咆哮起來。

「先殺許彌！先殺許彌！」

更有那種勇敢者，已經朝著許彌所在方向轟出可怕神通，刀劈飛升又能怎樣？難道還能擋住在場這不計其數的強者合擊？

人群中，星仙宗那些飛仙跟大乘並未出手，他們只是嘆息一聲，站在原地看著。

如今的諸天萬界全都已經瘋了，一界生，萬界落也好，聖藥也好，都讓所有人沒有任何退路。

這是一場沒有正義跟邪惡的殘酷大戰，諸天萬界任何一個世界裡面都有好人和壞人。

即使是天使殿那個陣營，大部分生靈全都來自外域，也不能說他們都是邪惡的、該死的。

面對不計其數的神通術法洶湧而至，剎那就將這片虛空給打得扭曲塌陷，許彌沒選擇硬憾。

飛身而起，許彌輕易突破那些鎖困神通，以及各種虛空法陣，手中未來之刃一揮，施展出八荒刀陣！

這一次，許彌動用了仙力。

在盤古開天法的加持之下，所有大乘期，少數飛升期修士身上的兵刃，全都顫抖不已，脫離主人的控制。

嗖嗖嗖飛上高天，這一幕讓所有人都生出強烈震撼，根本不敢相信。

不等他們做出任何反應，天空中密密麻麻，讓人看一眼都肝兒顫的無數神兵朝著原本主人，轟然斬落，宛若大規模的刀劍雨。

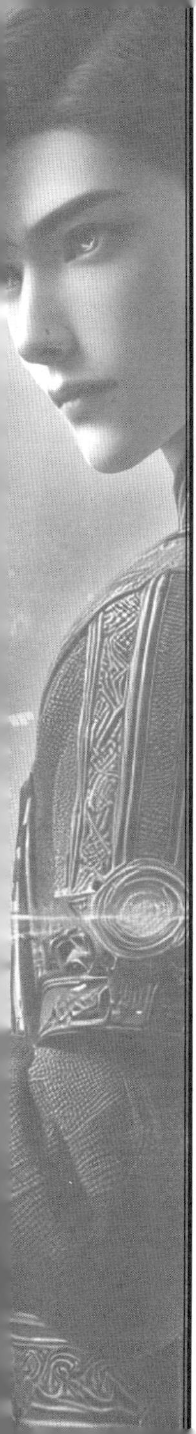

第三章

法旨

這一幕太恐怖，將徹底留在所有人心中，倖存者即使過去千百年，回想起來，身體都會情不自禁的顫抖。

星仙宗的老宗主眼中滿是震撼，喃喃道：「這是仙法，早已超越了修行世界的範疇，沒必要再打下去了，就算氣運枯竭世界沒落，那也是命。」

聞言，老宗主身邊幾個飛升期修士全都一臉絕望。

老宗主苦笑著搖搖頭，道：「其實，不成仙，大家都是普通人而已。」

隨後，一群星仙宗的人遠遠避開戰場，退到後面，相互間交流著。

「是啊，過去我們覺得世間凡人如同螻蟻，如今看來，和他們又有什麼分別？」

「命運終究不能掌控在自己手中，的確沒有必要再打下去，算了，接受吧。」

「我們與秦國並未交惡，相信洛琳那些年輕人也不會隨便衝動，以後就在秦國養老吧。」

「從未想過自己有朝一日，會最終退化成一個普通人，然後慢慢老去。」

「說不定也是一種不錯的體驗？」

絕望，無奈的情緒蔓延，和他們做出一樣選擇的人不在少數，其中部分，甚至還有是已經暗戳戳對許彌出手的修士。

當看見無數人身上兵刃被攝走，反噬主人那一刻，他們果斷停手了。

許彌刀劈飛升，他們都覺得還能贏，現在卻是徹底絕望了，這還打個雞毛？還有什麼可打的？

星仙宗那些飛升修士能夠想明白的事情，他們自然也都能想通。

再怎麼說一界生，萬界落，也不過是自身所在世界氣運被剝奪，並不意味著他們現在就會死。

哪怕從此再也不能修行，無法感悟天地法則，從此跟大道絕緣，憑藉他們的修為，活個幾百上千年，甚至更久也沒有任何問題，無非是修行路斷，只要還活著，那就說明有希望。

現在上去拼命，拼死許彌還有天瀾古教，拼死天瀾古教還有別人！再說，這也他媽拼不死啊！

他們這樣想並沒有錯，選擇拼死一搏，想要幹掉許彌的那群人，同樣也沒有錯，只不過因為不同的選擇，此刻心情也不同。

出手這群人當中，大概十分之一，當場就被鋪天蓋地的神兵給斬殺了。

大乘完全無法抵擋，飛升也慘叫連連，於是剩下那些，有部分人退縮了，但依然還有很多人，堅信可以滅掉許彌。

「諸天之戰尚未結束，許彌就算已經成仙，也不可能是我們所有人對手！」

「大家不要氣餒，圍攻他，消耗他，把他活活累死！」

「萬界陷落，活下來又他娘有什麼意思？不如索性拼了！」

「殺！」

這個秘境儘管法則完善，無比堅固，依然經不起這群強者的攻擊，瞬間崩塌了！

整個小世界的崩塌，場景太可怕，這是真正的末日，虛空都陷落，形成一個恐怖的宇宙深坑，如同一座超級墳場，埋葬了太多的諸天大能。

許彌始終保持著清醒與冷靜，遲遲沒有傳來幕後黑手的精神傳音，說明這場諸天之戰並未完全結束。

這場殺劫，終究還是要繼續下去。

另一邊，秦國京城，大量秦陣營的頂級天驕全都傻眼了，包括留在這邊的大乘和少數飛升修士。

加入無效！他媽的，無效！

這件事情給整個秦陣營中，諸天萬界的大小修士帶來的打擊實在太大了，曾經的盟友、戰友、同學，甚至是好兄弟和戀人，剎那間變成敵人。

絕大多數人並沒有那麼冷血，這種身分的徹底轉換，不是誰都能第一時間就反應過來的。

而且，就算反應過來了，他們又能做什麼？

剛剛還在談笑風生，甚至男女之間正在談情說愛，轉頭就朝對方出手？或許少數冷血之輩能做到，但更多人，是真的做不到。

極少數飛升也都只是在心動了那麼一剎那後，便都冷靜下來。

拿下秦國其實沒什麼意義，真正的主戰場，依然還在聖藥那邊，只要那邊分出勝負，這邊基本也就不用打了。

錦繡宗和望月殿這些最早加入秦國的人先是沉默，隨後就都看開了。

應靜華道：「我們本來就對原本所在的世界沒有任何感情，沒就沒了，就算以後修行之路被斷掉，依然還能活很多年。」

塗殿主道：「雖然有點可惜，但沒辦法，這就是命運吧，其實相比秦國無數才華橫溢，卻偏偏不能修行的普通人，我們已經很幸運。」

洛琳道：「我就在這裡，代表星仙宗向所有秦陣營的道友發出倡議，大家不要急著做選擇，所有一切都是幕後主使者的陰謀，說不定有朝一日，還能扭轉過來。」

隨著越來越多人公開發聲，原本茫然不知所措的人漸漸冷靜下來。

心情自然不會好，但就像普通人得了絕症，在經歷憤怒、恐懼、絕望等情緒之後，最終絕大多數還是會選擇平靜的接受，不然又能怎麼樣呢？

也有鬧事者，這當中的代表，就是天瀾古教所在那個世界的大量強者！

他們早就已經暗中做好了準備，等的就是這一天！

當這訊息傳遞到每個人精神識海那一刻，遍佈各個城市的大乘、飛升修士們，就已經開始了各種動作。

他們第一時間派屬下合道、化神、元嬰境界的弟子，去占領城主府以及媒體中心，打算先把秦國這個戰略要地拿下，然後向全球發出勝利宣言。

我們天瀾古教所在世界，將會成為最後贏家，所有人都不要反抗了，徒增死傷沒有任何意義！

這群人談不上有多意氣風發，但內心深處都有一股隱隱的、越來越強的躁動，都在心中幻想著，一界生，萬界落，擁有諸天萬界的氣運，將會是一種怎樣的盛況？

結果都沒來得及幻想多一會兒，一盆冷水便劈頭蓋臉的潑下來。

整個秦國，所有城市，隨著他們的動作，剎那間升起不計其數的超級法陣！

剛剛過去沒有多久，發生在秦國京城那一幕，瞬間浮現在所有人的心頭，那些想要占領城主府和媒體中心的人，無一例外，全都隕落在法陣中。

大乘和飛升修士又驚又怒，試圖殺出去，將秦國那群年輕天驕，被稱為秦國天團的成員全部找出來幹掉，結果剛一動，四周便瞬間升起法陣。

「我們這裡怎麼也被人佈下法陣了？」

「無恥啊，無恥！你們秦國怎麼可以這樣不要臉？」

「他們早就存了算計我們的心思！」

「這群該死的狗東西，若讓本尊脫困，第一時間屠戮城池！」

這群人怒不可遏，心也都徹底慌了，本以為自己是最後的黃雀，做夢都沒想到原來只是那只螳螂。

楚彤和唐悅溪並肩站在京城上空，身後是一大群秦國天團成員。

「媽，多虧了妳，不然我們也不可能那麼精準的佈下法陣。」

唐悅溪看著京城各處被啟動的法陣，臉上露出甜美笑容，許彌同學，我也終於可以幫上你了呢！

二零五零年，四月九日，秦國京城，晴。

這一天陽光明媚，萬里無雲，天空湛藍一片，沒有了這幾年常見的巨大法舟、戰艦、樓船橫空景象，低空也幾乎看不到飛車穿梭的場面。

所有人都守在各自家裡的光幕前，認真看著現場直播的新聞。

秦皇一身盛裝，帶領大量皇室成員坐在國家大禮堂的前排。

秦國天團，以及大量年輕天驕的家人們，同樣盛裝出席，臉上洋溢著歡喜的笑容。

盧首輔穿著一身得體的秦裝站在臺上，隨著修行境界的不斷提升，這位秦國二號人物，如今看上去就像個三十出頭的儒雅青年。

理論上，盧首輔還可以讓自己更年輕，以他當下的年紀，對修行世界來說，跟人間十七、八歲的少年沒多大區別，但身為一名位高權重的大官，無論如何也接受不了自己變成一張娃娃臉，太不肅穆了。

可以容納上萬人的巨大國家禮堂裡，還坐著大量的修行者！

有秦國天團，也有錦繡宗、望月宗和星仙宗以及不少秦陣營的人，這當中，不乏當天參與爭奪聖藥的大乘期和飛升期修士。

這些人最終選擇接受命運，修行路斷，自然老去，心中縱然有萬般不甘和遺憾，卻也都明白，無論天瀾古教還是秦國，都不是他們能擊潰的。

尤其許彌，現在傳說他已經成仙！

當日那一戰，展現出的碾壓級戰力太驚人，直接讓所有人都失去信心與勇氣，就像天瀾古教那些大乘、飛升期修士，當時想要魚死網破，結果魚確實是死了，可網還好好的！

並且，不是就只有一個許彌厲害，留在這邊的天瀾古教世界各個強者不也都遭劫了嗎？

事實證明，即使沒有許彌跟林瑜，那群人也難逃厄運。

這個最初毫不起眼的世俗國家，只用了短短幾年時間，就已經徹底成長起來，變成諸天萬界都難以接受，卻又不得不低頭的超級陣營。

說來好笑，如今的秦國，除了許彌一個疑似成仙的人之外，就連最頂尖的天驕林瑜，也都沒有進入飛升期！

可即使是這樣，如今也沒有任何人敢質疑秦國的實力。

此時，距離那場戰爭徹底結束已經過去十幾天，一切都已塵埃落定，那道神念也在數日前『姍姍來遲』，出現在所有修行者精神識海——恭喜秦國所在世界，成為最終勝者，諸天氣運將集中在這裡，從此後，這世界將人人如龍。

話語並不多，只有這寥寥數語，但所有人都明白，一切都結束了。

從那天起，就連普通人都能察覺到這世界發生的強烈變化。

原本身體不好，甚至患有絕症的人在一夜之間病狀全部消失，已經枯死的樹都發出新芽。

天賦普通，幾乎難以踏上修行路的人，也在須臾之間有了各種感悟。

這顆星球上的所有人都因此而獲益，這其中，自然也包括那些早在二十年前，就被滲透成篩子，被各種大小勢力控制的西方國家。

活下來的人，終於自由了，只要活著的人，都吃到了這波紅利，包括之前背叛麗國，逃到這邊的百花國原首富李昊真。

這個曾經心狠手辣，連自己孩子都不放過的人此刻意氣風發，作為對秦國有功勞的外籍友人，他也出現在國家大禮堂內，儘管坐在後排，但一臉與有榮焉。

看著臺上全球同步直播講話的盧首輔，李昊真一雙眼都開心得瞇起來。

曾經的『神』組織，神子彌賽，麗國那些高高在上的大人物們，這會兒墳頭草恐怕都有三尺高了。

如今靈氣越發旺盛，應該都不止三尺。

而李昊真，原本一個『神』組織裡面不起眼的小人物，見到誰都得點頭哈腰的小嘍囉，如今卻可以端坐在秦國的最高殿堂。

「選擇大過努力啊！」

李昊真開心的舒了口氣，臉上不自覺的露出幸福笑容。

「據說那八卦爐是仙器，煉製出來的丹藥輕輕鬆鬆就能讓人突破，還有造化金蓮，那個是真的好啊，之前也不敢打擾許公子，如今一切都已經塵埃落定，輪也該輪到我了吧？」

李昊真心裡想著，憑藉他的功勞，不說封侯拜相，至少在修行領域裡，未來踏入元嬰，成為化神基本不在話下。

「秦國始終是世界和平的建設者，全球發展的貢獻者和國際秩序的維護者，有信心和能力，為全人類和平發展的崇高事業做出新的更大貢獻！」

隨著盧首輔的這番話，幾乎座無虛席的大禮堂內爆發出陣陣熱烈掌聲。

李昊真也跟著用力的拍著巴掌，心中無比羨慕。

「許彌，許公子，可是真優秀啊！要是他是我的兒子，那該有多好？我看到許彌母親也來了，要不是聽人說，都不敢相信竟然那麼年輕，比以前資料上的照片年輕太多，她也單身那麼多年了，我現在也是單身，要是……」

想到某種幾乎不可能的可能，李昊真一顆心都變得熾熱起來，且不說許彌如今的身分地位，他母親方芸儘管不是修行者，但在無數頂級丹藥的滋養之下，跟唐悅溪走在一起都幾乎看不出是兩代人，說是姐妹花絕對沒有任何問題！

許彌這傢伙還真是好運氣啊，不僅跟林瑜那國色天香的女子不清不楚，身邊還盡是一些最頂級的美女。

唐悅溪、董佩雲、沈淑貞……就連那個很神秘的小蘿莉，才那麼大點，卻也無比豔麗！

李昊真心裡正想著，突然感覺身體傳來一陣強烈的空虛感，接著便是一股無力感驟然襲來。

剎那間，李昊真坐在那裡都變得有些費勁，這一身跟強者比起來啥也不是，但比普通人厲害太多的修為，頃刻間消失殆盡！

李昊真猛然間瞪大眼睛，腦袋瓜子嗡嗡作響，他瞠目結舌，不明白發生了什麼。

就在這時，精神識海當中驟然傳來一道冰冷至極的意念。

「狗東西，按照你曾經的所作所為和剛剛滿腦子的骯髒想法，直接殺你都不為過！念在你也算有些功勞份上饒你一條狗命，但要再敢胡思亂想，我讓你想死都難！」

李昊真當場就傻了，冷汗直流，心底發寒，身處這座掌聲不斷的萬人大禮堂內，感覺卻像是飄在雲端。

大腦都一片空白，李昊真甚至不清楚給他傳遞意念的人是誰，只知道應該是個女子。

李昊真被嚇得魂飛魄散，直到這場盛大的全球直播結束，與會所有人都被邀請去宴會廳參加接下來的晚宴時，他依然渾渾噩噩。

李昊真勉強站起身，卻是兩腿一軟，差點又坐回到椅子上去。

身旁一個李昊真不認識的修士，有些奇怪地看了一眼過來，問道：「你沒事吧？」

李昊真搖搖頭，失魂落魄往外走去。

那人追問道：「你不參加接下來的宴會嗎？」

李昊真擺擺手，他哪裡還敢參加什麼宴會？心中的悔恨簡直比天高比海深，自己當時為什麼要冒出那種念頭？

李昊真已經猜到是誰動手把他給廢了，唐悅溪！

因為當時唐悅溪的腦子裡，在浮現出方芸那張絕色傾城的面孔時，也順帶著想到了唐悅溪。

覺得唐悅溪也很美，認為還是秦國的天然美女好，肯定因此被感知到。

那些看似年紀輕輕的小姑娘，欺騙性太強了！已經擁有了神一樣的可怕能力，卻表現得人畜無害。

李昊真卻不知道，即便沒有唐悅溪出手，他也不可能完好無損地跟著享受這場『一界生』的紅利。

許彌當初能留下他一條狗命，只是因為這老東西跪得徹底，然後還有點用，隨著後面神子彌賽的死，『神』組織的崩潰，李昊真僅存的那點作用也沒了。

而許彌不是在修行，就是在戰鬥，也沒時間搭理李昊真。

不僅李昊真，隨著一切事情的塵埃落定，所有曾經的敵對陣營、秦奸，一個都跑不掉，全都得被清算！

有楚彤和張姝他們這群人在，又怎麼會讓敵人跟著一起享受勝利成果？

宴會廳內，唐悅溪甚至都沒跟眾人說這件事，她笑吟吟拉著董佩雲和莫璃，跟一眾天團成員坐在一張桌上。

此時此刻，恰如彼時彼刻，從二零四五年那個夏天，到二零五零年春，短短五年時間，她和所有人一起，全都有了太多的成長！

而這一切，都是因為許彌，如果沒有他，他們這群人和這個世界，恐怕都會和剛剛被她收拾的李昊真一樣下場吧？

唐悅溪一雙極美的桃花眼四下掃視著，始終沒有見到那道身影，連林院長都來了，他卻依然沒有出現。

不知為何，心裡突然多少有點慌。

此刻的許彌，正在跟一股神秘力量對峙中。

按照原定的計畫，這場屬於秦國的勝利宣言，許彌應該和林瑜一起出席的，可就在開始前的半小時，身上屬於那青年的儲物法器裡面，突然傳出一股讓他有些喘不過氣的恐怖威壓。

許彌當即想到青年說的那份尊主法旨，沒有任何猶豫，只來得及跟林瑜打了個招呼就消失在京城。

林瑜在意識到問題不對，想要和許彌一起面對時，已經來不及了，她出去尋找了很長時間，最終一無所獲，只能暫時先回來。

感受到唐悅溪等人落到林瑜身上的目光，林瑜那張清冷的絕色臉上露出一絲勉強的笑，朝她們點點頭，隨後傳遞神念過來。

「別擔心，他沒事的。」

此時，許彌沒有走太遠，剛到月球就已經有些無法承受，那股無與倫比的恐怖威壓。

許彌只能選擇落到月球背面，一個遠離秦國基地的環形山深處。

下一刻，那道法旨自行從儲物空間飛出，懸掛在許彌面前，沒有文字，只有無盡的恐怖威壓，以及一道精神意念。

「世界氣運的承載者，恭喜你通過所有考驗，成為一名光榮的探路者！接下來你有三天時間處理身邊事情，隨後將跟隨這道法旨，去到一個陌生世界，你的任務只有一個，那就是探索那片區域，將裡面的東西帶回來！你也可以在那獲取各種機緣，強大己身，另外，不准吃掉我的童子，否則殺無赦！」

許彌始終是站著聽的，儘管他被這股神秘而又恐怖的威壓，壓到幾乎喘不過氣，兩條腿都在抖，已將太乙蓮花經肉身篇修煉到頂級的全身骨骼都要裂開。但許彌還是穩穩站在那裡，腰都沒彎。

他可以忍，但卻不會跪！

好在這道法旨並沒有什麼意念附在上面，也許是不屑，也許是沒有那個必要。

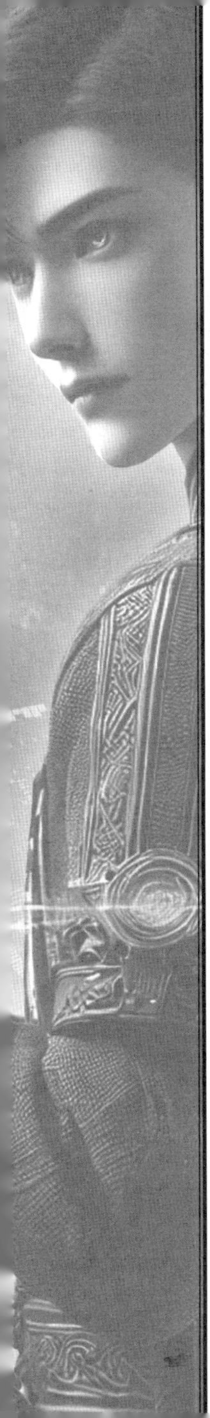

第四章

是否能回

寫下這道法旨的存在卻是真的厲害，僅憑一道旨意，就差點壓得許彌站立不住，也正是這種恐怖威壓，讓對方擁有強大自信，不怕下界生靈耍花招。

「探索未知神秘區域，把裡面東西帶出來？」

許彌看著那道法旨又飛回到儲物空間，心中滿是憤懣，愈發理解老牛讓他忍的原因。

「哪怕我當天踏入那道仙門，怕也逃不掉被盯上的命運。」

養蠱一說，果然是成立的，對方為了培養探索神秘區域的探路人，不惜以如此龐大的修行世界，億萬生靈為棋局，瘋狂兌子，酷烈殺伐後，只為一顆棋子。

「這世界無論什麼維度，終究都是一片原始叢林，奉行的，也從來都是赤裸裸的叢林法則，所謂愛與和平，存在，但局限性很強，倘若真的關乎到切身利益，任何生靈……都一樣！」

許彌深吸口氣，默默運行金烏星辰訣，與精神識海那顆綠色月亮同頻共振。

人類獨有的陰陽屬性迅速中和，讓他一顆心也跟著慢慢平靜下來。

不能修煉也不能出門的少年時代，許彌看過很多過去的紀錄片，最喜歡看關於自然界的。即使是最弱小的種族，也有屬於自己的生存之道，弱小不意味著一定就會死亡。

許彌迅速從月球回到京城，面帶微笑地回到宴會場地，跟所有人共同舉杯，暢飲，沒有表現出一絲一毫的離別之意。

無數人過來找他敬酒，看見那些其他世界的人，許彌並未冷臉，微笑著寒暄，對真正的自己人，他熱情且誠懇。

許彌對應靜華道：「應宗主無需過分擔憂，以您當下境界，再活個幾千年問題不大。」

應靜華臉上帶著恬靜的微笑，這個知性的漂亮女子坦然接受命運，道：「許彌，感謝你的關心和庇護，其實能有現在這種結果，我和我的門人，都已經很滿足。」

許彌看向她，又看了看走過來的塗殿主以及洛琳、星仙宗老宗主等人，沉默了一下，依舊年輕，沒有被歲月侵襲的臉上露出淡淡的笑容。

許彌認真說道：「我用了五年時間，從一個不能修行的年輕人踏入今天這種境界，足以說明修行這件事情沒有那麼難，大家都好好活著，其實這人間也很璀璨，以後……」

更多身分地位極高的、斷了修行路的大乘和飛升期修士，朝許彌這裡看過來。

「未必就沒有變局產生！」

有人不以為然，掌控諸天萬界的無上存在『詛咒』過的事情，哪有那麼容易解？

有人眼裡卻瞬間有了光，這世上就沒有什麼事情是完全不可能的，萬一呢？只要好好活著，甚至是只要活著，其實就還有希望！

許彌看向塗殿主道：「八卦爐我會留下，您的境界雖然會慢慢退步，但我想，至少還可以用它煉製一些減緩衰弱的丹藥。」

塗殿主有些激動，興奮得直搓手，道：「公子放心，我保證會用它為秦國所有天驕服務，也保證將這一身所學傳下去！」

有人卻注意到許彌這句話中的問題，八卦爐會留下？什麼意思？

許彌卻沒有解釋，這場宴會結束之後，他叫上林瑜，以及一眾天團成員，一起去了皇宮裡面的會議室。

秦皇、盧首輔、柳主任、唐庚勝、馬老、王老等一群人已經等候在這裡。

包括古皇宗宗主卓公瑾，命運這東西很神奇，之前誰能想到這種在諸天萬界大能面前，連個小人物都算不上的土著宗門宗主，如今會成為炙手可熱的新貴？境界再怎麼低，那也是有未來和希望的。

「我會在三天之後離開這個世界。」

許彌開門見山，直接說出幕後黑手發出的那道法旨，對這群人，他沒有隱瞞什麼。

「我不清楚未來即將面對的是什麼，但想來不會太簡單，否則憑藉佈局者的實力，也不需要如此處心積慮。」

秦國天團一眾成員和林瑜則都很沉默，秦皇出聲詢問。

「一定要走嗎？」

他們其實想到過這種可能，畢竟養蠱說在當下已被廣泛接受，而許彌，顯然就是那只蠱王，成功養出來之後，沒有道理不用。

「是的，不可抗拒，也沒辦法抗拒。」許彌笑著看了眼林瑜等人，道：「你們等我。」

林瑜抬眸望向許彌，道：「不能一起嗎？」

唐悅溪、董佩雲、莫璃……所有秦國天團的人也都期待地望向他，不是想要探尋未知的精彩，只是想和他一起面對。

「可以試試。」許彌微笑道：「但我也不敢保證是否能成功。」

許彌沒有一口回絕，因為他太清楚這群人的內心想法。

林瑜深吸口氣，起身說道：「我要去嘗試突破境界！」

她目前狀態停留在大乘級巔峰，距離飛升都還有一段路要走，可這並不意味著她要放棄。這場諸天大戰結束後，作為唯一勝者，秦國的修行資源簡直多到常人無法想像，如今還有飛升期的煉丹大師在，有八卦爐，時間雖然緊，但未必就完全沒機會。

唐悅溪等人也都默默起身，迅速去往地下秘密基地。

房間裡很快就只剩下秦皇等人，以及唐庚勝收養那個小道童。

說是小道童，其實年齡也沒那麼小了，畢竟已經過去五年時間，已經成長為少年，只不過看上去依然沒有什麼變化，還是像個大孩子。

「臨別在即，我也不知道說什麼好，許彌，無論如何都要活下來！」

換下盛裝，穿著常服的秦皇有些落寞。

按照常理來說，他這種人間帝王，應該對許彌的離開喜聞樂見才是。

如今已塵埃落定，許彌太強大，影響力也太大了，說句大逆不道的話，他想造反，甚至都不需要任何舉動，一句話就夠了。

但秦皇並不在乎，就像他曾經托孤說的那樣，只要這個國家還是秦人的，那麼國主姓什麼，他並不在意。

這不是假清高，而是真正的清醒。

許彌笑著點點頭，說道：「放心吧，對方如此處心積慮才把我養出來，應該沒那麼容易死。」

就在這時，小道童突然開口道：「哥，我和你一起去！」

許彌微微一怔，看著他道：「你現在可以開口說話了？」

就連唐庚勝都有些驚訝，望向小道童的眼神帶著幾分疑惑。

小道童微笑著說道：「境界進入大乘，自然也就可以了。」

在場眾人都愣住，有些難以置信的看著小道童。

許彌能在很短時間內踏入至高境界，已經足夠令人震驚，誰敢相信，秦國居然還隱藏著這樣一個妖孽級的天才？

許彌凝神對他看了又看，小道童微笑不語。

半晌，許彌舒了口氣，點點頭道：「好吧！」

許彌在這個小道童身上，感受到了一絲和那法旨一樣的能量波動，對其身分，已有部分猜測。

接下來的兩天，許彌都在處理各種事情，比如跟大黑聊天，問牠要不要也跟自己一起去探險？

結果大黑一聽許彌要走，頓時把頭搖晃得跟撥浪鼓一樣。

「不行，我老了，就不跟你們這群年輕人一起折騰了，我就在這裡看家，哪兒都不去！」

許彌無語，倒也沒強求，以他如今的眼光來看，大黑年齡確實很大了，是條老狗，很大概率被封在先前那座古墓裡面很多年，是因為自己的進入，才讓牠醒來。

許彌又去見了次牛魔王，跟他隱晦的提了一句法旨的事情。

老妖聖秒懂，脫口而出道：「能發出這種法旨的存在，幾乎都是仙尊級別的大人物，仙界能幹出這種事情的老狐狸……」

隨後，便用粗大的手指敲著自己的碩大牛頭，皺眉沉思。

半晌，牛魔王頹然搖頭道：「不行，完全沒有記憶。」

不過，牛魔王卻再次提醒許彌，道：「不要跟這種級別的存在要心眼，也不要露出抗拒的意思，別最後落得被你們寫在神話故事裡面的猴子那樣下場。」

許彌忍不住問道：「牠什麼下場？」

老牛搖頭道：「忘了，只是記得很不好，很淒涼也很悲慘……」

許彌又看向玉面夫人，問道：「姐？」

玉面夫人搖頭道：「我更不行，只有少部分殘留的記憶，像是想不起來的夢，感覺發生過，卻完全無法回憶。」

許彌雖然看不出玉面夫人的修為，但知道她絕不是普通的小妖。

牛魔王就更不是了，即使牠說自己是因為年少輕狂，不知天高地厚才自封大聖，但在一身實力被封印九成的情況下，依然能用肉身開啟一條通道，將一整個，不計其數的妖族生靈給攝過來。

大乘期都無法抗拒，這是妥妥的仙法，根本不是修行界的手段！

滿血狀態的牛魔王，以他當下的實力，應該完全不是對手，所以想要解惑，怕是只有真正去到那個地方，才有機會了。

許彌又去了一趟墓地，去看望黃嶽和張老。為有犧牲多壯志，話雖如此，但這些倒在半路上的先驅，在今天這種背景之下，還是讓人感覺到可惜。

最後許彌回到家，把林瑜叫過來，跟方芸坦承了兩人之間的關係。

方芸驚訝得嘴都合不攏，大為震撼，向來在任何人面前都大大方方，清高冷傲的林老師也多少有些尷尬，卻也默認了許彌的說法。

隨後方芸就兩眼放光地拉住林瑜的手，高興得不得了。

「這幾年總聽人說你們的八卦，我還挺磕的，但一直以為是假的，沒想到是真的呀，太好了，這簡直是夢想照進現實！」

方芸的確是高興，林瑜這種天之驕女，能夠認識，都已經算是一種幸運，能娶回來做兒媳，簡直是老許家八輩子修來的福分！

儘管方芸也喜歡糖糖和董佩雲，可人不能太過貪心，總要有取捨。

這時門口傳來動靜，唐悅溪和董佩雲，跟莫璃一起，熟門熟路的進來。

董佩雲笑道：「來早了？」

林瑜起身，先是拉過莫璃的手，揉了揉頭。

莫璃無語，這突如其來的親昵讓她很是不適應，畢竟一直以來林老師身上的『偶像包袱』都很重。

清高、冷傲，一道眼神瞥過來，沒人不怕，也是莫璃的假想敵。

隨後，林瑜又拉起唐悅溪和董佩雲的手，回頭跟方芸笑著說道：「她們也是。」

方芸愣住，心說是什麼？是我想的那樣嗎？現在的年輕人玩的這麼花嗎？

唐悅溪和董佩雲也有點傻，不明白林瑜這句話是什麼意思。

許彌有些無語，用精神密語傳音給林瑜，道：「我說林老師，妳這是要幹啥？現在整個世界都已經安全了，妳也不需要為國培養人才了，咱真的沒有這個必要！」

林瑜沒理許彌，而是看向方芸說道：「阿姨，許彌要走了。」

方芸臉上笑容慢慢斂去，看了眼許彌，然後看向唐悅溪和董佩雲，最後又停留在林瑜臉上。

「要走？」

方芸這會兒表情明顯是有點慌的，嘴裡還輕聲嘀咕了一句。

「當年那個大師原來不是騙子……」

許彌先安排大家坐下，然後才出聲安慰著方芸。

「也沒什麼大事，就是要出門一段時間。」

方芸看著許彌，臉色透露一絲複雜的情緒。

「你別騙我，當年我和你爸談戀愛的時候，去逛龍虎山，遇到個老和尚，長得肥頭大耳的，一看就不像個真正修行的，他一看見我，就說我未來孩子不一般，然後看著你爸搖了搖頭，還嘆了口氣，說你們以後的孩子就叫許彌吧。」

眾人都有些無語，方芸沒理會，淡淡說著往事。

「我們倆都傻了，不知道他是怎麼知道你爸姓什麼的，還要給我們的孩子起名字，憑什麼呀？感覺這是個騙子，還是很高級那種，我倆那會兒也沒什麼錢，就想著趕緊走，他卻拉住我們，說了一大堆怪話。」

方芸說到這，眼眶微微有些發紅。

「大部分我都忘了，只記得他說這世界馬上就要發生劇變，但我的孩子可以拯救世界，我跟你爸那會兒都年輕，只覺得遇到了一個瘋和尚，後來我們結婚，你出生時，想到那個老和尚給起的名字，不知為何，突然覺得還不錯，就用了，結果你爸卻在幾年後……」

眼見方芸有些難過，林瑜和唐悅溪一左一右，拉住她的手，方芸搖搖頭，輕輕一笑。

「沒事的，已經過去那麼多年，許彌他爸去世後，我就覺得這名字不吉利，但那會兒已經不好改了，不過我還是覺得最好不要讓他修行，救世主什麼的，多苦多累，多危險啊，我就是個有點自私的小女人……結果這幾年發生的事情，越來越朝著那個方向去發展了。」

說到這，方芸突然話鋒一轉，看向林瑜。

「林老師……呃，小林，妳剛剛說的話是什麼意思？什麼叫她們也是？」

這轉移話題的方式，粗糙且生硬，不過幾人也都看得出，再說下去，方芸怕是忍不住要流淚。

林瑜拉著方芸的手，輕笑道：「阿姨，我是許彌的女朋友，她們也是。」

方芸無語，董佩雲、唐悅溪和莫璃也是無語，兩個大的沒說啥，莫璃忍不住道：「林老師，我還是個孩子啊！」

林瑜輕笑道：「我知道妳的事情。」

莫璃頓時不說話了，只是有些埋怨地看了眼許彌，那是屬於咱們兩個的秘密。

諸天萬界都沒能找到灰熊跟猴子他們，你怎麼就跟別人說了呢？怪不得林老師剛剛揉我頭！

方芸雖然猜到了，但還是大受震撼，沉默了半晌，才說道：「你們年輕人之間的事情我看不懂，也不想干涉，我只想知道，你們這次究竟要去哪？是不是很危險？」

知子莫若母，方芸不僅瞭解許彌，更是十分聰明，她很清楚，如果不是可能一去不復返，兒子跟林瑜怕是還會將這段感情繼續藏下去。

方芸說喜歡林瑜不是開玩笑，作為粉絲，自然很瞭解這個秦國第一天之驕女，這個高冷優秀的女孩兒，在認識自家兒子之前，從未有過任何緋聞，是個特別在意面子的天才少女。

兩人今天能坦承關係，絕對沒有那麼簡單，要去的地方，也絕對很危險。

還有就是糖糖跟董佩雲，方芸能理解，畢竟這倆姑娘對兒子的喜歡，眼神根本藏不住，可莫璃是怎麼回事？她還是個孩子呀！

終於有點反應過來的方芸，不由將懷疑目光投向許彌，自家兒子也不像個禽獸啊？

許彌這會兒也是一個頭兩個大，不知道要先解釋哪個。

這時，莫璃開口了，輕聲道：「阿姨，我來說吧。」

莫璃算看出來了，林老師面皮薄，能做到現在這一步已經非常不容易，所有妥協，都是因為哥哥。

唐悅溪跟董佩雲這會兒都很傻眼，喜歡歸喜歡，突然被公開，還是被『大房』給說出來的，都有些不知所措。

只有莫璃，才是真正的很坦然，因為她還是孩子！

「首先是關於哥哥要去哪裡的問題，他自己也不知道，我們更不清楚，而且我們也不知道能不能跟他一起去。」

方芸認真聽著，莫璃接著解釋。

「哥哥要去的地方，就是咱們這場災變的由來，簡單來說，就是一個特別強大的神仙，為了培養出哥哥這樣的人，專門製造了這場波及無數世界的災難，那個人可以是哥哥，也可以是別人，但現在已經確定，就是哥哥。」

董佩雲和唐悅溪都對莫璃的表現很驚訝，知道她聰明，卻沒想到竟然有如此深刻的理解能力。

方芸點點頭，道：「我明白了。」

莫璃嗯了一聲，又道：「然後再說林瑜姐姐剛剛說的那句話，她應該怕哥哥一去不復返，更怕我們這些人都去不了，所以才會這樣說，其實糖糖和佩雲是喜歡哥哥的，我也是。」

糖糖和佩雲？妳也是？唐悅溪跟董佩雲這下都有點傻，感覺腦有點不夠用了。

「林瑜姐姐有點太急了，她們倆一晚上也未必能懷上哥哥的孩子……」這種虎狼之詞，讓唐悅溪跟董佩雲兩個大姑娘都有點遭不住，面色緋紅地瞪向莫璃。

莫璃卻一臉坦然，繼續說道：「不過叫阿姨知道這個事情，我覺得沒什麼問題。」

方芸嘴角微微抽搐，想說點什麼，可又不知道從何說起。

「至於我……」莫璃沉默了一下，說道：「我跟哥哥是在一場夢境裡相識……」

時至今日，唐悅溪跟董佩雲都已經無限接近大乘期，莫璃也同樣如此，再說那場夢，已經不會再用凡人視角去看，不會將其當成是一種虛無縹緲的東西。

聽莫璃說完，董佩雲和唐悅溪恍然大悟。

「怪不得總覺得妳特別成熟，合著這幾年在我們跟前故意裝嫩呀！」董佩雲大怒，要不是有長輩在場，她都想狠狠收拾一頓這個臭丫頭。

莫璃翻了個白眼，道：「怎麼就故意裝嫩，我本來就很嫩好吧？」

董佩雲點點頭，道：「倒也是，小豆芽菜一個，想都不行。」

方芸有些無語，道：「你們這些孩子……」

莫璃嘿嘿一笑，道：「阿姨現在看上去也和我們差不多呀，一起出去人都會認為妳是我大姐！」

方芸笑了笑，道：「你們呀，不用這樣顧及我的情緒，其實從五年前開始，我就已經漸漸接受了。」

不接受還能怎樣呢？能夠製造出這場波及無數世界的大劫的人，想想都令人有種深深的絕望。

兒子是什麼性格她清楚的很，但凡能抗拒，又怎麼可能乖乖聽話？

方芸看著許彌，輕聲道：「媽不懂修行世界，更幫不了你什麼，不過你放心去便是，我會在這邊等你回來，無論怎樣，都會好好活下去！」

許彌也認真表態，說道：「媽，妳放心，無論如何我都會回來的！」

方芸嗯了一聲，站起身道：「你們年輕人聊，我去給你們做點吃的。」

董佩雲立即起身，道：「我去幫忙！」

林瑜和唐悅溪相互對視了一眼，覺得自己沒必要過去添亂。

莫璃也過去了，做飯她不行，洗菜還是沒問題的，控火更是一流……

林瑜對唐悅溪道：「抱歉啊，糖糖，沒經過妳的同意就說了這件事。」

唐悅溪甜甜一笑，輕輕搖頭道：「沒事的。」

唐悅溪和董佩雲早就有這種念頭，只不過是這些年大家都太忙了，忙著修行，忙著戰鬥，根本沒空去想別的。

如今分別在即，其實不僅林瑜急了，她和董佩雲也是一樣，至於說整個團隊跟許彌一起走，大家自然是願意的，可能成功嗎？

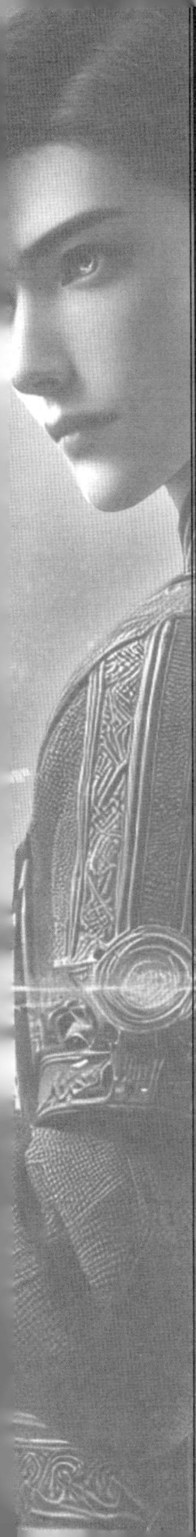

第五章 裂縫

幕後黑手為了今天，用二十年時間佈局，將諸天萬界無數人都拉進來，終於培養出許彌這只『蠱王』！

讓他去執行的任務，其他人有資格一起嗎？別說他們，就算眼前的林瑜，恐怕也未必能跟著一起。

正因為大家都能想到這一層，所以才會毫不猶豫的選擇『自爆』吧？

畢竟和生死比起來，其他真的都是小事，所以唐悅溪和董佩雲雖然有點驚訝和意外，內心還很羞澀，但並未表現出多餘的無用情緒。

再有就是，即便被林瑜給說破，公開了，其實也改變不了什麼，跟畢業多年的同學會上，坦然說出我當年曾經偷偷喜歡過你沒太大區別。

因為許彌明天就要走了，就像莫璃說的那樣，就算唐悅溪跟董佩雲全都徹底放開了，什麼都不在乎，今天就跟許彌在一起，誰又敢保證一次就中？

如果不能給許彌留下子嗣，還不如留下來這個世界，等他回來，要是等不到，那就徹底斷絕一切塵緣，從此專心修行，終究會有踏上尋人之路的一天。

隨後的這頓家宴倒是吃得很平靜，眾人也沒有再提及這些，中途楚彤趕過來，一起加入飯局，並不清楚剛剛發生什麼的楚彤，很快便將氣氛活躍起來，和眾人推杯換盞，暢所欲言。

整晚無事，許彌並未如林瑜的願，和唐悅溪跟董佩雲發生點什麼，哪怕早已心有所屬，也不應如此草率。

翌日，許彌宴請整個團隊以及家屬，在自家很是放鬆的喝了一頓。

這次唐悅溪的父親，唐潤昌，還有師妍，以及那個已經慢慢長大，也開始修行的小男孩唐安也來了。

秦皇跟柳主任，以及盧首輔等人則是不請自來。

如今再面對這些大人物，方芸已經坦然許多，眾人沒有多餘話語，都開懷暢飲。

當晚午夜，一束光自許彌家中往天上射出，許彌和那位小道童身影瞬間消失不見，沒有任何徵兆，也沒有給任何人反應的機會。

眾人皆沉默不語，秦皇看向唐庚勝道：「你收養那小道童，究竟什麼來歷？」

唐庚勝嘆了口氣，道：「災變後撿的孤兒，如今看來，大概是那邊落下的一枚棋子。」

因為眾人都在，方芸強撐著，並未表現得太過失落，但林瑜、唐悅溪、董佩雲和莫璃，以及一眾團隊成員，全都在瞬間紅了眼圈。

沒人知道許彌這一去，是否還能回。

此時的許彌，眼前一片漆黑，感覺像是有種莫名的法則籠罩著這裡，即便是許彌這種修為，神識所能籠罩的區域，也不過方圓幾丈。

在人間，精神狀態好點的普通人，都能察覺到自身周圍的這個距離。

小道童在許彌身邊，說道：「不用擔心，只要穿過這片黑障區，接下來就會好了。」

許彌一邊跟著飄在身前一米多遠的法旨前行，一邊淡淡問道：「那個無上存在是你嗎？」

「不是，但有關。」小道童也很坦然，沒有選擇隱瞞，說道：「我應該是他身邊的一件器物，被送過來監控這個世界，見證應運之人的成長。」

許彌問道：「最近覺醒的？」

小道童搖搖頭，答道：「很早，但那時候我沒法說話。」

許彌再問道：「所以說，探索那片區域，只能是我這種應運而生，最後又成功秉承氣運之人？」

小道童點頭道：「對，或許你自己都沒察覺到，你們口中的諸天萬界，實際上的東方道域這一角，所有氣運都在你一個人身上！」

小道童的少年聲音，不疾不徐。

小道童解釋道：「或許在你們的理解中是尊主無情，不把億萬生靈死活當回事，可實際上，如果沒有一界生，萬界落，將所有氣運全部加持到一人身上，根本無法探索那區域，換言之，法力通天的牛魔王不行，更加強大的尊主……也不行！」

許彌沉默了一下，淡淡說道：「不探索，不行嗎？」

「不行。」小道童的回答斬釘截鐵，隨後有點不好意思的道：「抱歉啊，許彌哥，這些話不是我的主觀思想，當你問的時候，它自己就冒出來了。」

許彌有些無語，盯著眼前散發著微弱光芒的那道法旨，沉默著沒說話。

小道童又道：「那裡似乎關乎到整個東方道域的安危，這跟秦國當年那場保家衛國的戰爭是一樣的道理，沒有犧牲，就沒有後面的和平。」

小道童說得誠懇，但許彌依然不敢完全相信他這番話，再有就是，主動犧牲，和被動犧牲，從來都不是一回事。
那位尊主連那片區域裡面有什麼都不清楚，憑什麼就能斷言跟東方道域安危有關？為此毫不猶豫，讓無數光輝璀璨的修行文明世界死氣沉沉。
許彌很難理解，也許真的是站位不同，眼界跟格局也不同，以他當下這種能力和眼界，還看不到那麼多的事情吧。
兩人跟隨這道法旨，在這片黑障區穿行數月。
這是一段極為枯燥的旅程，幸好身邊還有一個小道童，算是有個可以交流的人，如果只有許彌自己，心性再怎麼強大，怕是也會有種要被憋瘋了的感覺。
小道童並不木訥，是個聰明機敏，十分善良的孩子，關於那位尊主的記憶很少，用他的話說就是，天意高難問！
尊主就是天！他甚至從來沒有見過尊主的真身，在那座虛無縹緲的道場裡面，唯有各種意念傳達下來。
「像我這樣的童子，印象中大概有幾百個，各自本體都不同，大部分都是蓮花各部位化成，但我不是，我的本體應該是一棵樹，具體是什麼我不記得，沒有印象了，當年被送過來的時候，我的任務只有一個，就是觀察這個世界的應運之人，等到時機成熟，就作為引路人，帶他走，所以大家其實都一樣，都身不由己。」

三個月後，許彌終於和小道童走出這片黑障區，眼前是一片陌生宇宙！

許彌十分懷疑這幾個月的黑障區，實際就是宇宙中的黑洞，他之所以沒在這黑洞中被壓成基本粒子，應該就是那份法旨的功勞。

此時出現在許彌眼前的浩瀚宇宙，他甚至不用通過星象去判斷，也知道這已經不是原本的那片宇宙了，因為這裡的物理定律跟過去完全不同。

為了驗證，許彌嘗試著動用身法朝著前方疾馳，剎那間，他的速度超越了光！

當許彌停下的時候，再回頭望去，那片虛無的黑障區，已經在無比遙遠的身後位置，小道童也不見了蹤影，唯有那道法旨，依然還漂浮在他前方。

等了半天，小道童才飛過來。

「你這速度太快了，我都跟不上了！」

許彌心中很是震撼，心說果然世界之大無奇不有，想不到有朝一日，竟然能來到這樣一個神奇的地方。

對那位尊主的怨念是一回事，面對新鮮事物的好奇和探索新是另外一回事。

按照法旨的指引，他們的目標和方向，是無盡遙遠方向的一道巨大宇宙裂痕，依那規模來看，這道漆黑空洞的宇宙裂縫要比銀河系還大上好幾倍，像是被至高存在一劍斬出來的傷口，橫亙在茫茫宇宙虛空深處，散發著永恆蒼涼的氣息。

即使許彌在這裡可以擁有超越光的速度，想要去到那裡，估計也得億萬年。

好在有這份法旨，此時它化身為舟，載著許彌跟小道童兩人，爆發出無與倫比的超級速度，依然用了一年左右的時間，才終於接近。

許彌在這過程中只做了一件事——重修星月日蒼穹那套體系！

以許彌目前仙人身分，重新修行一遍，為的就是可以勾動這個世界的諸天星辰。

他成功了，並且在這過程中，許彌還發現一件事。

星月日蒼穹的修行體系太完善了，不敢說絕對完美無瑕，但至少以許彌目前這種境界的眼光和悟性，依然找不出任何可以修改之處，給人一種感覺，按照它練就行了！

許彌問過小道童，這套體系是不是那位尊主留在秦國的？

小道童否認了，說他們那個道場裡面，從來沒有與之相關的道與法，他也覺得很神奇，感慨大道萬千。

許彌沒有再多問什麼，其實他也只是想要確定一下，不是那位尊主給的就好，就像被當作棋子利用的麗國『神』組織。

小道童身後那位尊主在佈下這個局的時候，很可能有相同級別的存在也看到了。

『神』組織背後的人應該相對較弱，想要從中占便宜，結果卻被當成一顆棋子，成為引動那場災變的背鍋人，開始還沾沾自喜。

而秦國這邊留下的暗手就有點厲害了，至少就目前來看，是成功的！

在諸天萬界的氣運戰中，讓秦人笑到了最後，來到這裡，依然還能勾動這邊的星辰！

許彌沒有當著小道童去展示，實際內心早已被震撼到無以復加，因為他的金綠雙色精神識海，隨著在這世界重修星月日蒼穹體系，變得深邃無比！

同時，許彌的太乙蓮花經也比過去強大了，無論肉身還是神魂，感覺自身的戰力比過去強大不止一倍！

這可不是世界法則的不同，而是由內而外發生的巨大變化。

一切，都始於星月日蒼穹的修行體系。

「就當這是一場一個人的修行好了，可惜不能帶著他們一起過來。」

許彌思忖著，跟隨這道法旨，進了這道浩瀚無比的巨大裂縫，恐懼、孤獨的感覺，驟然襲來！

從無盡遙遠的宇宙那邊，看這道裂縫無比黑暗，真到了這裡之後，發現還是有些星系存在的，只不過絕大多數都像是『新生兒』一樣，混沌不堪，雜亂無章。

深入之後，更是察覺到越往裡面，越是有種被各種神秘法則束縛的感覺，也是直到此刻，許彌才真正意識到萬界氣運加持己身的好處。

法旨在顫抖、發出嗡鳴之聲，像是被一股看不見的無形力量瘋狂擠壓。

小道童緊跟在許彌身邊，依然變得愈發木訥，眼神呆滯，數日後，幾乎一句話都說不出口了，就連神念都無法傳遞出來。

「你不能再跟著我深入了，繼續下去，你會死的！」

許彌並不討厭小道童，即使他是對方派來監視自己的，但『攝影機』本身並沒有錯。

小道童說不出話，也無法傳遞出神念，但還是輕輕搖了搖頭。

看著顫抖的法旨，面色蒼白的小道童，許彌輕輕一嘆，繼續前行，他也不知道要在這裡找什麼，既然這法旨還在，小道童堅持，他也不想多說什麼。

反正迄今為止，許彌一沒有遇到任何危險，二也沒有受到任何的限制。

就這樣，時間又過去數月，此時的許彌已經徹底深入到這片神秘區域，終於遇到了第一個生靈。

最初看見的時候，許彌甚至不覺得這玩意兒是個活生生的生靈。

太大了，一動不動地漂浮在前方，像是一塊大陸，比太陽還要大上一圈兒，呈不規則的橢圓形。

直到精神識海傳來一陣示警的波動，然後看到那個龐然大物動了，許彌才確定，那東西是活的，只是他跟對方的體型差距太大了！

比起來，許彌連個塵埃都算不上，可許彌的到來，還是驚動了那東西，看似動作很緩慢，實際卻快到不可思議。

幾乎眨眼間，就在這片奇異的深邃宇宙裂縫中，前行了數百萬里。方向，是朝著許彌這邊來的，那種無與倫比的壓迫感，讓許彌一時間有種不知該如何應對的感覺。

太大了！許彌既不知道對方想要幹什麼，也不清楚要如何還擊。

就在這時，這個超級恐怖的，如同星辰級生靈的龐然大物，突然睜開一隻眼。

很難形容那是一種怎樣的感覺，許彌腦袋裡只有一個念頭——太他媽的恐怖了！

那只睜開的眼睛只有眼白，沒有半點黑色，關鍵是太大了，幾乎占據了這橢圓形龐然大物的三分之二！

之所以說這是一隻眼睛，是因為許彌竟然從對方全是白色的區域當中，讀取到了大量的情緒！

來到這個世界以後，許彌並未真正實現從凡到仙的進化，所以基本可以斷定，這裡不是仙界，而是那位尊主說的神秘區域。

許彌從中讀取到了憤怒、暴躁、殺戮、冰冷等大量負面情緒，他不再猶豫，即使眼前的法旨依然顫抖著，十分倔強的還想往前衝。

許彌依然一把拎起小道童，朝著身後方向，轉身就跑！

轟！那只巨大眼睛裡陡然射出一束光，所經之處，原本就是虛無的空間，竟然被傳出一道奇異的能量波動，像是連維度都給打穿，所有一切都在剎那間徹底被湮滅。

媽的！許彌心中罵娘，這是個物理法則完全不同的世界，這裡的光速都快趕上自己所在那宇宙膨脹的速度了，幾乎一瞬間就到了近前。

嗡！許彌身上突然間亮起一片光芒，形成一個巨大無匹的光球，將他擋在裡面。

這是氣運？許彌有些驚訝，看著頭頂散發出的淡淡光芒，心也在瞬間平靜下來。

那束粗大無比的光芒打在這片光幕之上，許彌頓時感到一陣恐怖的震顫，彷彿頭頂光幕隨時可能崩潰。

就在這時，被許彌拎著的小道童卻驟然化作了一把長刀，那道法旨也化成一道光芒投進了長刀之中。

許彌幾乎是下意識的揮動長刀，斬出一道純粹的法則刀芒。

刀芒沒有傷到許彌身上散發出的光幕，劈在那束光裡，頓時發生了劇烈的大爆炸，整個空間都像是被徹底擾亂了。

許彌感覺自己成了怒浪濤天的大海上，一艘小舢板船，沒有任何抵抗能力的隨波逐流。

下一刻，眼前景物一變，許彌整個人都被驚呆了，嘴巴張到合不攏的程度。

藍天，白雲，青山，碧水，眼前一座不算很大，但十分平整的瀑布，水流落入到下方深潭，發出轟鳴聲。

「這不是鏡泊湖嗎？我前後一共用了接近一年的時間，穿越黑障區域，進入深邃的宇宙大裂縫，遇到一個渾身上下，只有一隻眼睛的星辰級可怕生靈，然後回到藍星了？」

這種離奇、離譜的經歷，讓許彌久久無法回過神來，他下意識看了眼手中這把長刀，卻突然發現，這不是沈淑貞給自己打造的未來之刃嗎？

可剛剛明明是看見小道童化身長刀，法旨變成一束光進入刀內，怎麼會變成自己的刀？難道這一切都是幻境？還是從最初，其實就是一場夢？

幾乎進入仙人領域，擁有無與倫比感知能力的許彌，這會兒也徹底糊塗了，不知道怎麼形容這會兒的心情。

許彌下意識展開神念，想要聯繫那些親人，以他目前的境界跟能力，別說同在一個星球，就算是整個太陽系，也幾乎可以一個念頭就聯絡到地方。

可讓許彌有些驚訝的是，他竟然無法搜尋到任何人，無論母親方芸，還是林瑜、唐悅溪這些人，就像消失在這個世上。

「所以這並不是藍星？」

許彌眉頭緊鎖，催動一身神通，瞬間將神念覆蓋了整個星球，包括無盡深海這種人類禁區，最終結果卻是一無所獲。

整個世界，一片死寂！可就在下一刻，許彌突然看到一艘飛行器從遙遠天空飛過。

那飛行器的樣式，他幾乎一眼就能認出來！

五二五的專屬！應該就是五二五的工作人員，正在執行任務，可問題在於，許彌的神念竟然無法反之到它的存在！

如果不是親眼所見，這架飛行器對許彌來說就是不存在的！

許彌深吸一口氣，霍地騰空而起，剎那之間就來到了冰霜城，遠遠的就能看到各種飛車在城市上空疾馳，被法陣保護的城市街道上，還有大量正在活動的身影。

如今天下大定，即使還有很多秘境生物存在於野外，但對如今的秦國來說，已經構不成威脅。

二十幾年後，人們的生活正在逐步恢復到災變前的狀態，讓許彌感到震驚的是，他的神念依然無法感知到這些人。

許彌有些不信邪的落入到冰霜城裡，隨手想要拉住一個人，然後他就看見自己的手，穿過了那個人的手臂和身體。

許彌感覺自己心跳開始有些加速，他迅速回到自家，這裡已經很久都沒人住過了。

方芸當初捨不得賣掉，於是就留下來，屋子裡有智能系統在控制，溫度濕度都保持在一個平衡點上，每天都有家政機器人在收拾，就連窗臺上的那些花，都依然開得很豔。

但無一例外的，許彌沒辦法直接觸碰到任何東西，也不能跟這座城市裡的任何人進行交流。

許彌迅速回到京城家中，在這裡，他見到了母親方芸，也見到了在這邊陪伴方芸的林瑜！

林老師竟然沒在修行？看著沒有絲毫變化的母親和林瑜，許彌很想知道現在是什麼時候。

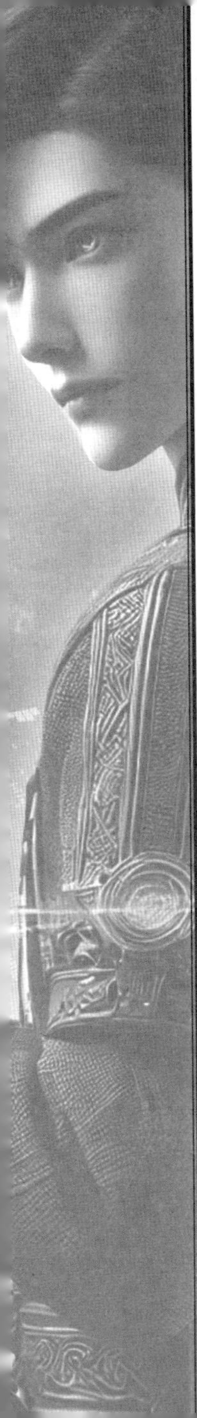

第六章 地心世界

很快，許彌就看到了，二零五零年，五月十一日。

「我接到法旨的時候是四月九日，離開的時候是四月十二日，也就是說，在我的感知中已經過去將近一年時間，而在藍星，才一個多月？」

林瑜在跟方芸交流，許彌這時候才突然意識到，無論之前在冰霜城，還是此刻，他都沒辦法聽到這個世界的聲音，通過嘴型倒是可以知道她們在說什麼。

方芸道：「小林，我覺得自己真不是修行那塊料，要不還是算了吧？」

林瑜回道：「媽，許彌是您生的，他能成為這個世上最強大的修行者，您怎麼可能一點天賦沒有？」

林瑜這聲媽叫得十分自然，方芸臉上也沒有任何異樣的反應，所以肯定不是第一次這麼叫了。

「可是我真的感覺自己不太行呀。」方芸也有些無奈，拉著林瑜的手到沙發上坐下，道：「就算妳把那些東西用精神力傳遞到我的腦子裡，可我還是很難去理解。」

林瑜笑道：「這是因為您沒有習慣修行呀，沒關係的，我會幫妳，糖糖和佩雲還有莫璃，她們也都會幫您的。」

方芸嘆了口氣，幽幽說道：「我明白妳們的心思，怕我等不到他回來那天。」

林瑜搖頭道：「不是的，媽，憑藉我們現在可以煉製出來的丹藥，就算您一點修為都沒有，活個幾百年也沒有任何問題。」

方芸道：「所以你們覺得，幾百年內，他都未必能回來？」

林瑜略微沉默了一下，隨後輕輕點頭，道：「媽，我也不瞞您，這件事情，我們所有人都沒有任何頭緒，前幾天我想去拜訪那位平天大聖，可牠卻消失不見了，連同整個積雷山摩雲洞所在的秘境一起，消失得無影無蹤。」

林瑜解釋道：「諸天萬界之前形成的所有秘境都在，就只有牠那地方消失了，所以我們想要查清真相，找到許彌，恐怕只有成仙這一條路，我們肯定是會離開去往仙界的，但我們想帶您一起走。」

方芸嘴角微微抽了抽，拉著林瑜的手柔聲說道：「孩子，成仙對我來說，太遠了，妳們想去就去吧，媽就在這裡等他！」

許彌瞬間感覺自己鼻子有些發酸，眼眶也有些濕潤，他可以確定自己肯定不是鬼，只不過可能已經處在完全不同的維度。

過去許彌和林瑜還想過，那些身在仙界的仙人，想要聯絡修行界的後人應該很容易才對。

如今終於明白，如果是處在完全不同的兩個維度，即使就在身邊，也是無法看見，無法交流。

許彌嘗試著用神念，用話語，甚至動用各種掌握的道與法，去跟林瑜和老媽溝通，結果都失敗了。

隨後，許彌又去見了其他人，還是一樣的無法交流，就像是一個孤魂野鬼，飄蕩在這世間，更加可悲的是，連個同類都沒有！

而當許彌想要飛出這顆星球，進行一些嘗試的時候，驚訝發現，自己無法離開，一旦要突破大氣層，進入外太空時，就會被一股無形的力量給擋回來。

許彌嘗試著動用神通去攻擊，全都泥牛入海，沒有反應。

隨後，許彌回到地上，找了一個沒人地方，揮出一掌，拍向一座巨大山峰，恐怖能量洶湧而出，正常情況下別說是一座山，就算是這顆星球都能打出一個恐怖的大坑。

許彌的一掌，要比一顆巨大隕石落到地上恐怖無數倍，在末法時代足以引發全球性的生物大滅絕，可眼前這座山峰，卻是紋絲未動，就連一片樹葉都沒有受到影響，只是被風吹起，輕輕搖曳。

許彌感覺自己人都要瘋了，首先他肯定自己不是鬼，其次眼前這個世界是無比真實的，絕不是幻境！但他卻找不到任何可以與之共振的機會。

也就是說，現在的許彌，跟眼前世界的所有一切都是不同頻的。

「所以我下一步……應該做什麼？」

許彌難得變得有些急躁，他開始去到各種地方，先從那些名山大川開始，那些在神話傳說中有著極高地位的地方，是他的首選。

幾大佛家的道場，去了，沒有收穫，道家的各大名山，也去了，還是沒有收穫，之前還與神像可生出感應，如今卻無法引起絲毫波動。

進入深邃的海底，他直奔牛魔王洞府所在秘境，發現果然如林瑜所說，消失不見了。

然後，許彌在海底發現大量史前文明的痕跡，甚至還發現了不少，曾經屬於諸天萬界的水族生靈，在這裡安家落戶。

這些原本都很強的妖族，隨著『萬界落』，已經開始迅速衰弱起來，不過依然是深海中的霸主，藍星上的原生生物根本不是對手。

這些妖族並未對牠們展開屠戮，更多還是在嘗試修行，想要對抗衰弱。

許彌來到南極，『穿過』巨大冰蓋，進入到那個著名的大湖深處，這裡一直以來都是人類的禁區，無數年來無人深入。

在湖底，許彌發現了更多的史前文明遺跡，有古老的巨大城池，看起來跟地表那些巨石建築如出一轍，像是一個時期的產物，曾經的主人早已消失不見。

許彌順著這裡的遺跡，找到一條通往大地深處的隧道，這條明顯由智慧種族開鑿出的通道，深度超越了許彌的想像和認知。

過去這五年，許彌從一個連家門都沒怎麼出過的災變少年，一步步成長為一代年輕巨擘，過程也都在跟降臨到藍星的那些秘境生靈打交道。

儘管從小就知道，自身所處這個世界有諸多神秘史前文明，但從來沒有真正探索過，這次陰差陽錯，竟然以這樣一種方式，展開了這段全新的旅程。

眼前這些神秘遺跡也讓許彌生出強烈興趣，順著這條隧道一路進入到大地深處，盡頭被一扇古老破敗的青銅門擋住去路。

許彌仔細辨認著青銅門上的花紋，這些圖案都是最基本的幾何圖形，看上去並不神秘，但很漂亮。

許彌再次嘗試動用一身修為與其形成共振，這一次，竟然有了回應！

許彌先是一驚，隨後大喜，繼續催動心法，在跟青銅門徹底形成共振那一刻，門緩緩打開了！

眼前一幕，讓許彌整個人都驚呆了，這無比深邃的地心世界，竟然存在一個高度發達的文明！

巨大而又輝煌的建築，成片出現在下方，不同於地表那些遺跡的死氣沉沉，充滿滄桑和蕭瑟。

這裡很熱鬧，各式各樣的飛行器縱橫穿梭在其中，隨後，許彌便看見有身高超過二十米的巨人，正在那座巨大城市中活動。

有些人身上還長有翅膀！可以自由自在地在空中快速飛行，展開雙翅，如同巨大的飛機，速度竟然不比那些飛行器差多少！

地心果然存在生命與文明！許彌有些震撼，災變發生這麼多年，地上那麼多事兒，這裡居然沒有受到任何影響。

尤其許彌跟林瑜都曾多次用神念探索過這個世界，雖然也感覺星球內部存在巨大空間，但卻沒有發現任何生命跡象。

「我明白了，這個地心世界，看似是在地心，實際卻處在完全不同的維度，所以過去才沒有任何收穫。」

許彌這會兒有些猶豫，不知道自己該不該過去跟這個種族的生靈進行交流。畢竟人家在這裡生活得好好的，用強大的青銅門封路，應該就是不想被打擾，而他無意中打開這扇門，不清楚會不會給人帶來麻煩？

不過就在這時，下方突然升起一架飛行器，迅速朝許彌這裡飛來。

對方發現了許彌的存在！這座巨城裡面，無數體型龐大的巨人也都迅速活動起來，大量身穿甲冑的羽人手持長槍長矛等武器，飛向天空。

許彌看著朝自己飛來的飛行器，碟形，直徑大約百米，高約三十米，像是由青銅製成，閃爍著璀璨的金光，表面雕刻著各種複雜的紋路和符號。

許彌可以從中感受到一股強烈的能量波動，釋放出神識，卻被一股力量給擋住。

許彌多少有些吃驚，心說這地心世界的文明，莫非都已經進入到神級了不成？憑他現在的境界，竟然都無法看穿？

此時飛行器已經迅速出現在許彌面前，一道巨大身影順著打開的艙門出來，這是個中年人，身高大約十米左右，一張典型的東方人面孔，除了體型巨大，其他跟秦人幾乎沒什麼分別。

此刻，中年人表情很嚴肅，先是盯著許彌看了半天，也沒說話，眼神充滿審視，隨後一道心靈聲音，在許彌內心深處直接具現出來。

「你是地表的秦人？你怎麼可能進入到我們這裡？」

許彌並未隱瞞，很坦誠的告知了一切，實際上他更想知道這是怎麼回事。

中年人聽後沉默不語，良久，嘆了口氣，開口說道：「想不到這麼多年過去，有人還是不願放過我們，處心積慮，通過一界生，萬界落這種殘忍方式，將氣運加持到一個流淌著相同血脈的後人身上，跨越維度，不惜擾動時空和歲月，終究還是找到了我們。」

中年人的秦語多少有些生澀，有些發音跟現代完全不同，但許彌卻很容易就能聽懂。

許彌有些不知所措地看著這個中年人，對方並未對他表現出明顯的敵意，很平和，只是看上去有些惆悵，似乎不願意被找到。

不等許彌說什麼，中年人再次開口說道：「紫氣天尊，既然已經來了，那就出來見見吧，依然藏在我們種族的後人身上，不嫌掉價嗎？」

下一刻，被許彌放在儲物空間的未來之刃飛出。

一道身影從刀中走出，緩緩變大，很快恢復成小道童的模樣，只是此刻臉上表情跟之前完全不同，莊嚴而又肅穆。

眼神很深邃，像個無底的深淵，被看上一眼，便有種巨大壓力襲來。

小道童朝著中年人拱手一禮，中年人還禮。

小道童道：「他怎麼就是你們種族的後人了？難道我不是這個種族的？」

小道童聲若洪鐘，蘊藏言出法隨的高深法則。

「你？」中年人露出一抹譏誚的笑，看了眼許彌，隨後看向小道童說道：「你覺得自己還能算作東方道域的人嗎？」

小道童沉默了片刻，說道：「即使我走了不同的路，可我依然覺得自己是算的。」

中年人搖搖頭，道：「不，從你反叛的那天起，我們就已經不是同族了！」

許彌在一旁聽得雲裡霧裡，不過並未插嘴，而是在揣著手，耐心聽著。

小道童道：「我為什麼反叛，你們不是不清楚原因，難道我做錯什麼了嗎？」

中年人道：「九域本身就是九個不同文明種族組成的，彼此相安無事不好嗎？你偏要做九域之主，凌駕所有人之上，為達目的不擇手段……」

小道童冷笑道：「你說那些沒用，不管怎麼說，我終究還是找到了你們！」

中年人嘆了口氣，說道：「你這不過是一道法身，在你真身到來之前，我們可以離開的。」

小道童搖搖頭，道：「來不及了，自從我用氣運之力定位到你們那一刻起，你們就逃不掉了！」

說著，小道童回頭看了眼許彌，說道：「感謝你為我成為九域共主而助力，為表達感激之情，我會在吞噬你之後，保留你的神魂，帶你一起，共同見證我的輝煌！」

許彌無語，吞噬我？這叫人話？看神仙的八卦風險太大了，儘管許彌到現在依然依然不明白事情的原委，但也大致能夠猜到。

此時要說許彌的心情，更多是對這中年人以及他身後族人的歉意。

小道童……又或者說是紫氣天尊，將目光看向中年人道：「你們既然不肯為我所用，成為我的部將，那就乖乖接受被吞噬的命運吧，楊青，你該不會想要反抗吧？」

楊青淡淡說道：「這麼多年過去，你還是老樣子，高高在上，不把任何人放在眼裡，倘若天庭還在，你敢如此囂張？」

紫氣天尊哈哈一笑，道：「你不也是一樣？都什麼時代了？諸天神佛都走了，你居然還拿天庭來說事兒？你們吶，也就這點出息了。」

楊青突然伸手，一把抓住依然一副小道童模樣的紫氣天尊法身，嘭的一下就給捏爆了。

小道童連反抗都沒有，任由自己像個小蟲子一樣被碾碎，只是最後傳遞出一道神念。

「你們就好好等著吧，都被氣運給鎖定，跑是沒有意義的！」

此地迅速歸於平靜，許彌有些尷尬地看著這中年人，隨後又看向迅速集結過來的大量飛行巨人，以及各種各樣的巨大飛行器。

飛行巨人身著甲冑，手裡拎著巨大的神兵，佇列整齊表情肅穆地站在天空，感覺像是天兵天將。

楊青看著許彌，輕輕說道：「不怪你。」

許彌問道：「到底是怎麼回事？能跟我說說嗎？」

楊青點點頭，道：「可以，不過你先等我安排一下，得儘快離開這裡才行。」

許彌微微皺眉，道：「他不是說……」

楊青笑笑道：「是被鎖定了，不過這麼多年過去，我們也不是一點準備都沒有！」

楊青臉上篤定表情很是叫人安心，許彌被楊青請進那艘飛行器，天空中整齊森嚴的羽人天兵，看向他的眼神帶著幾分不友好。

許彌也懂，大概是怪他的出現，引來了強敵，儘管很無辜，但心裡也是帶著歉意的。

楊青隨後載著許彌，回到下方那座巨城。

在這裡，許彌簡直就是稀有動物，面對這群動輒二十多米高的巨人，感覺壓力很大。

尤其這群人看向他的眼神，大多很冰冷，並不友好。

「沒關係，你不用因此而自責，這天早晚都會到來，不是你也一樣會有別人。」

楊青再次安慰，隨後帶許彌進入到一座宮殿，有人送來各種水果點心，儘管看向許彌的眼神依然帶著幾分不善，但也都保持著基本禮儀。

就是這些東西個頭有點太大了，許彌只是禮貌的謝過，感覺沒法吃。

許彌虛心向楊青進行請教，楊青隨手一揮，將一些水果製作成小塊果切，又隨意變出一些果盤，示意許彌可以盡情享用。

楊青說道：「這顆星球早在百萬年前就已經全面升維，我們成了你們這群生活在地表人族口中的神仙，其中神為天庭階位，仙是修士升維之後的稱呼。」

許彌輕輕點點頭，這跟他在神話故事中瞭解的情況差不多。

神話中，很多仙人跟普通人差不多，法力一般，戰力也稀鬆平常，是因為那些人本就出生在高緯度的仙界，更生在人間的普通人，理論上並無太大區別，但這百萬年前的數字，卻是讓他有些驚訝。

楊青微笑道：「時間對真正的高級生靈來說是個偽命題，你們的世界在我們看來，就像是一本漫畫書，可以隨意翻動，看到所謂的前生跟來世，也因此，你們世界的人，即便很普通，也經常會生出一種時間並不連貫，記憶也會偶爾錯亂的原因。」

楊青說這些話時，用的不是秦語，而是一種相當古老的神念波動。

以許彌目前這種境界，很容易便能理解，不僅如此，他也同樣能夠在腦海中進行推演，去翻看一些人的『命運漫畫』。

許彌通過母親的命運漫畫，翻看到了關於父親的種種，然後順著這條線，剎那間推演出太多人的生生世世，更是看到了，這顆被重重法陣鎖困的蔚藍色星球各種過往。

而這些，在此之前，許彌是沒有絲毫察覺的，唯有真正進入到這個維度，才能翻動這本書。

推演的過程中，許彌和林瑜，以及唐悅溪等人的命運軌跡，看上去有些模糊。

尤其是許彌，從出生那刻起，身上就籠罩著一團迷霧，連自己都無法看清，好像是突然間出現在漫畫書中的一個角色，憑空誕生，沒有前生也看不見來世。

「你是不染因果的人，用比較容易理解的話來解釋就是，跳出三界外，不在五行中。」楊青看著許彌，道：「就連我，也同樣看不出你的根腳是什麼，但能承載無數修行世界的氣運，顯然不一般。」

許彌微微皺眉，問道：「這世界一切都像是註定好的，然後我這種屬於變數？」

楊青想了想，道：「對，你這種人，用你們能理解的方式，就像是被植入到電腦中的病毒，游離於法則之外。」

許彌無語，楊青又道：「有人把你放在這裡，為的就是完成某個任務，然後在這過程中，紫氣天尊同樣推演到你的存在，但他能力有限，並不能真正知道你的身分。」

許彌想起自己徹底結束那個夢境之後，緊接著遇到的那次襲擊，這也就意味著二十多年前那場災變背後，其實不止一股力量在博弈。

註定的命運，就像是寫好程式的軟體，世上每一個生命，強如人類、妖族、鬼怪，弱如各種蚊蟲蠅蟻，都不過是裡面的一段代碼。

紫氣天尊想要利用這台電腦，去實現某種不可告人的目的，於是偷偷操作，而許彌，是被一個神秘而又強大的存在，寫出來的一段病毒程式？

紫氣天尊意識到許彌的存在，通過推演，留下小道童這枚關鍵棋子，以強大而又高明的手段，佈下驚人陽謀。

麗國『神』組織背後那個存在，境界不如紫氣天尊高深，自以為是佈局者，實際也被利用，成了棋局當中的一枚棋子，所以彌賽早早的就出局了。

當所有線彙聚到一起，命運的機器自行運轉，自己這把鑰匙也終於被打磨好，成功開啟楊青所在的神秘地心世界。

整件事情的邏輯他已經清楚了，但卻覺得荒謬而又無語。

許彌問道：「紫氣天尊費這麼大勁，佈下這個局，就只是為了做所謂的九域共主？」

楊青點點頭，道：「這世上的事情，過程往往很神秘也很複雜，可結果，通常都很簡單，就像你們地表人類的戰爭，過程驚心動魄，充滿各種算計，陰謀、陽謀輪番上，而最終的結果卻很簡單，只是為了贏。」

許彌繼續請教道：「能給我說說上古時代嗎？」

楊青直言不諱道：「那是個很燦爛也很蠻荒的時代，各種生靈遵循著弱肉強食的法則，所有種族都在努力提升自己，後來九域之間爆發過一場激烈大戰，不清楚是相互殺伐還是抗擊外域生靈，反正那一戰後，曾經的諸天神佛，各族生靈中的至強者，似乎發現了什麼，幾乎有任何交代，匆忙離開，從此再也不見。」

楊青告訴許彌，地表所有神話傳說都很片面，遺失了太多相關記載，但都是真實的、對那個時代的描述。

楊青嘆息道：「或許他們發現了這個世界是虛擬的，成功通過超強的修為，利用那場大戰造成的短暫法則混亂……就像是電腦重啟的間歇，逃離了這裡。」

許彌有些感慨，但也能接受和理解，因為憑藉目前的人類科技，其實也已經可以創造出屬於自己的元宇宙。

在那個宇宙裡，所有的法則都是演算法，都是可以被人類自行定義的，比如說在虛擬世界，可以設定速度的上限是光的一千倍。

那麼只要能掌握最頂級的演算法，讓那世界的所有一切規則都圍繞著這點，最終形成邏輯自洽，一切就都是合理的。

而在虛擬世界中，被創造出來的生靈，既可以是人的模樣，也可以是其他各種如同山海經中的怪物那樣，如果不滿意，隨時可以將機器重啟，一場神靈都扛不住的天災降臨，一切都會被抹除。

因為掌握著虛擬世界的人，才是至高無上的主宰者，既可以創造一切，也可以毀滅一切。

可如果在這過程中，虛擬世界中那些被創造出來的生物……意識到這點了呢？

這是個細思極恐的問題，怪不得最頂級的經文，都是在說這件事！

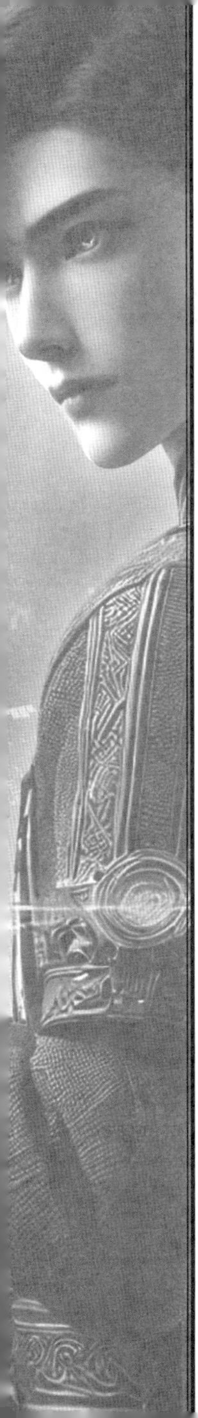

第七章 玩家

許彌看著楊青問道：「那紫氣天尊，想要找到你們並吞噬，目的……也是為了逃離？」

楊青點點頭，道：「我們這群人，當年沒有資格跟著一起逃離，而到如今，整個世界所有維度的資源加起來，估計也只能夠一個人出去，他想要做的，必然就是這件事，所謂九域共主……藉口罷了。」

許彌喃喃輕語道：「留在這裡，即便修為再高，也不敢保證這個虛擬的世界什麼時候會被拔掉電源徹底死去，可即使出去了，又怎麼知道那個世界不是如此呢？」

楊青說道：「就是這個道理，所以這麼多年大家始終在尋找另外一條路，有無上大能為此選擇徹底湮滅己身，有至高存在衝擊各個維度，也有像我們這種，選擇接受，留在原本世界。」

接著，楊青又解釋道：「只不過處在更高維度當中，不與現世中的你們進行接觸，別看我們好像就在這顆星球內部，實際卻隔了很多重不同維度，想要找到我們，就只有一種辦法，以大氣運為根基，用遠古同源血脈導航，如今他終於成功了，就算我們把你殺掉，也無濟於事，只能面對。」

許彌輕嘆，人總喜歡誇張，天驕還不夠，還要加上『蓋世』二字。發明出井底之蛙這種形象的成語，經常用來嘲笑別人，卻不知道自己同樣身在井中，所以無論佛道，最終目的才會都是超脫。

許彌輕聲道：「這麼看的話，秉持著堅定無神論的人，大概是這世上活得最通透的人。」

楊青微微一怔，隨即哈哈一笑，道：「你的話很有道理，很多時候，知道真的不如不知道。」

許彌道：「紫氣天尊要打過來，你們有什麼應對之策嗎？」

「我們？沒有，他敢找上我們這些人，說明在此之前，已經成功過多次，我們是這世上最硬的一些骨頭，必然要放在最後的。」沉默了一下，楊青又道：「我們可以逃走，但這不是長久之計，終究會被他找到。」

許彌一臉無語，心說你先前的篤定呢？

許彌問道：「就沒辦法了？咱們一起在這等著被吞噬？」

楊青看了看許彌，說道：「辦法倒也不是完全沒有，只是……」

許彌沒說話，沉默看著對方。

楊青沉默了一會兒，說道：「只是需要我們這群僅存的神族，將全部生命精氣轉移到你身上，最後由你……去面對他。」

許彌滿頭黑線，道：「這樣有什麼意義？跟被他吞噬有區別嗎？」

大殿裡，突然傳來一道柔和的女子聲音，道：「還是有區別的，被他吞噬，是我們成為食物，主動將生命精氣轉移給你，是我們這個種族一直以來傳承的犧牲精神。」

許彌心頭微微一震，看向聲音源頭，那裡緩緩具現出一道身高大約三米左右，擁有著典型東方美女臉蛋身材的女子。

女子穿著一身黑色長袍，秀髮披在肩上，目光柔和地看著許彌，道：「楊青說你是電腦病毒並不嚴謹，準確說你應該是一段矯正系統的程式，紫氣天尊這種才是真正的病毒。」

楊青給許彌介紹道：「這位是我們的族長，你可以叫她……」

女子打斷他，微微一笑，道：「叫我姐姐就好。」

楊青愣了愣，點點頭。

女子說道：「紫氣天尊通過你找到我們，也是在走鋼絲，你是異數，不在他的推演與掌控中，你身上的萬界氣運又與他相當，如果能夠得到我們的生命精氣，加上你自身的一些基礎，他未必是你對手。」

許彌問道：「你們到時候全都死了，我這樣做的意義又是什麼？」

女子臉上露出柔和笑容，緩緩走到許彌旁邊，優雅地坐在那裡。

「意義嘛，自然是好好將我們這個種族的文明、文化和精神傳承下去，即使我們只是生活在虛擬世界中的一段程式，對我們自己來說，也是輝煌的，燦爛的，甚至不需要去糾結，造物主創造這個世界的目的，這世界已經沒有造物主留下的痕跡，只要我們自己好好活著，便夠了。」

女子淡淡開口，說著自己的想法。

「既然如此，滅掉試圖毀滅世界的生靈，好好帶領族人在這裡生存下去，這世界擁有屬於自己的輪回體系，擁有著十分完善的法則，我覺得生命的意義在於存在過，如果我們沒辦法繼續存在下去，那就由你們來完成這件事。」

聽到這話，許彌出聲詢問。

「可是姐姐，你們怎麼就敢斷定我不會成為那個破壞者呢？」

「確實不敢，不過在此之前，我們其實也已經觀察過你很多年。」

女子輕笑，楊青在一旁附和解釋。

「我們還有一個猜測，你可能是玩家！」

「我？玩家？」

許彌表情都有點扭曲，出生在一個普通家庭，高中畢業之前甚至沒辦法修行的人，會是外域進來的玩家？我他媽進這個服之前，選的是草根崛起吧？

可楊青和女子臉上表情又無比認真，就很荒謬，這話如果是普通人說出來，根本沒人會信，甚至會被當作是瘋子。

可眼前這兩位，是凡人眼中的神族，過著看似平常的生活，卻言出法隨。

如果說世間萬物都由一個最基本的粒子組成，那麼這群人都可以在一念之間，形成任何東西，什麼龍肝鳳髓，用得著去屠龍滅鳳嗎？

一念之間，便可以創造出這些東西，他們的神通與法力，就是放大無數倍的『幹細胞』，生命的奧秘在他們眼中不過如此。

這樣的兩個人，居然說自己是玩家？

楊青說道：「你的成長軌跡太不尋常了，還有這種星月日蒼穹的修行體系，並非這個世界所有，不僅星月日蒼穹，你修行的盤古開天法，太乙蓮花經，包括你的基礎經文，精神識海中的綠色月亮都很怪。」

女子看著許彌，道：「這些修行法，都是曾經離開的大神所留，但已經失傳太久，我們當初都認為隨著他們的離開徹底消失了，那顆綠色月亮就更詭異了，聞所未聞，我之所以知道這些，其實還是你自己後來跟身邊人說起的時候……」

許彌瞪大雙眼，道：「妳的神識能穿透維度，聽到我們之間的交流？」

女子輕笑道：「人間有我的道場。」

許彌有些震驚道：「姐姐您是？」

許彌的腦海中，剎那浮現出許多上古神話的女性形象。

女子搖搖頭，道：「早已沒落，沉入海底，並非你所熟知那些，所以你踏遍名山想要尋找線索的時候，並未曾與我相遇。」

許彌嘴角微微抽了抽，果然還是井底之蛙，他覺得自己之前已經足夠小心了，結果還是被無意中聽到，所以『聖人緘默』，是有道理的。

女子看著許彌，接著說道：「我們也是根據這個推斷出你的身分，之所以願意相信你，並最終選擇你，是因為你雖然大概率是從外面進來的，但跟這世界的羈絆非常深！」

楊青道：「你走的也不是那種天地不仁的無情道，在你心目中，親人、朋友和愛人無比重要，種族觀念也是極重。」

許彌依然有些難以接受自己可能是『玩家』這件事，他看著兩人說道：「有沒有一種辦法，既可以保留你們生命，又能擊敗紫氣天尊？」

女子搖頭道：「他如今已是這世上唯一的天尊級生靈了，你的出現，或許就是為了解決他。」

許彌陷入久久的沉默中，他跟這群僅存的神族並沒有什麼交情，彼此間唯一的交集，就是體內流淌著共同的血脈。

如果許彌是個很自私的人，那麼犧牲起這群人應該沒有任何心理負擔和壓力，可問題在於，許彌雖然偶爾會有自私的一面，但骨子裡依然是個三觀極正的人，別的事情也就罷了，這種犧牲一個群族生命，來成全另一群人的做法，他不想接受。

女子和楊青看著許彌沉默的樣子，相互對視一眼，彼此眼中都露出一抹欣慰的笑意。

女子說道：「如果你真是外面進來的，那麼總有一天會回去，只要你還記得，就一定有方法讓我們重現在這個世間。」

楊青也道：「我們都已經活過漫長歲月，也早就堪破生與死之間的奧秘，你無需為我們感到難過和惋惜。」

許彌心說，要是外面那群人沒有用眼睛瞪我，說不定我就真信了，即使這些都是巨人，是凡人眼中的神靈，可他們從根本上來說，依然還是人！

佛家都有金剛怒目，道爺更是不爽就罵，說到底，大家都是人，誰也別裝聖賢，孔聖人都說以德報怨何以報德呢。

許彌對女子跟楊青說服族人這件事情並不樂觀，隨後許彌被安排在一個巨大房間裡，暫時等候，楊青和女子出去與族人商議。

另一邊，會議室內，很多人果然如同許彌預料的那樣，並不同意這種做法。

「紫氣天尊雖然強大，但也未必就無敵，我們迄今依然擁有數千族人，難道還不能與之一戰？」

「如果需要通過犧牲我們全體族人，來為始祖血脈稀薄的地表人族做嫁衣，我不同意！」

「如果註定都將死去，那為什麼要犧牲自己的生命成全別人？跟紫氣天尊拼了，說不定還有一線生機！」

巨大的會議室內吵吵嚷嚷，如同菜市場般，神族的會議，也並不和諧，曾經擁有神性、佛性與道心的那群人，早就在當年那場神戰中離開了這個世界，剩下這些，不過是強大的人。

楊青有些尷尬，女子是族長，他是大長老，在過去的無盡歲月中，這群僅存的神族其實還是很和諧的。

從修行境界上來說，或許楊青和族長更加強大一些，但也說不上是無敵，而且他們也不可能，朝著不情願的族人痛下殺手，因此，場面一時間陷入僵局。

此時，許彌一個人在這間巨大的房間裡，有些無聊地打量著裡面的各種陳設。

這座城，確實沒有時間概念，房間裡的很多東西，應該都是他們那個年代的產物，無比古老，可看上去似乎跟新的沒什麼區別。

許彌沒有偷聽人家開會的興趣，於是開始默默修行起來。

這群神族大概率不會同意犧牲自己，成全他和地表上的那些人類，想要擊敗紫氣天尊，最終還得靠自己。

這裡的道與法完全不同於地表世界，高深且複雜，在許彌運行金烏星辰訣，與綠色月亮和鳴共振那一刻，無數屬於這個維度的符文進入到他的精神世界，瞬間形成一種只在精神世界可以感受的，大道層面的交響樂，宛若仙音，讓許彌的肉身與靈魂在這一剎那得到無盡的昇華！

太乙蓮花經肉身篇和神魂篇，原本已經被許彌修行到已知的盡頭，然而在這一刻，突然像是開闢出一條新路。

許彌頓時精神一震，霍地想到，這裡雖然不是仙界，但按照這個世界的維度來說，同樣擁有最頂級的道與法。

許彌將自身狀態調整到最佳，忘記一切，進入到那種空的狀態，去體會，去感悟世間最深層次的東西。

這次不是神魂和肉身各修各的，而是徹底融合到一起，神魂即肉身，肉身也是神魂，突破太乙蓮花經的極盡，繼續朝前走。

在那個神秘未知的領域中，許彌大刀闊斧，朝著這條未知的、混沌的、神秘的路開鑿，已經停滯的境界，隨之開始有了動靜。

在這裡修行，其實是瞞不住別人的，許彌也沒想著要瞞誰，於是，正在會議室內激烈爭吵的一眾神族，很快就停止了說話。

所有人臉上都露出凝重之色，其中一些境界高深的人甚至面色大變，有人在這裡修行，竟然引動了整個空間的頻率跟著一起波動，簡直難以置信！

「是那個地表來的小子？」

有人發出驚呼，他們之所以不同意族長和大長老的建議，一方面源於人性自私一面，另一方面，又何嘗不是因為許彌太弱了？弱到他們這個群族當中最普通的戰士，都不把他放在眼裡的地步。

一個剛從凡間突破飛升期，還沒真正進入仙界的小傢伙，就算把所有人的力量全部集中到他身上又能怎樣？

面對紫氣天尊那種活了不知多少歲月，當下僅存的一位天尊，怕是連一招都擋不住！

可讓這群人做夢都沒想到的是，這樣一個人，竟然能在他們這個神靈世界裡，精準找出天道法則的頻率，並且與之共振。

他們這邊吵得不可開交，人家卻能迅速掌握至高的道與法，這點，就連這群神族都做不到！

「我說過，他來歷很不一般，紫氣天尊想要吞噬我們所有人逃出去，只是為他自己！」女子趁機開口，聲音溫柔的道：「可如果是這年輕人贏了，那麼說不定有一天，我們這個世界還可以重現往日的輝煌，我們，也將再次出現在這個世界上。」

楊青道：「生與死我們研究得很透了，包括輪回機制在我們眼中也不是什麼秘密，可有誰能真正說清楚靈魂本源的奧秘？」

楊青看著眾人，繼續道：「說我們是被創造出的一段程式沒問題，但有沒有一種可能，我們……其實也是更高層級世界的生靈，也是玩家，只是被封印了靈魂本源，放逐到這種世界？」

有人問道：「那地表來的年輕人，能解決這個問題？」

楊青道：「我不能保證，但我更願意選擇相信他，而不是去跟紫氣天尊無意義的拼命。」

巨大的會議室內變得安靜下來，之前反對最激烈的那些人，也都露出若有所思的神色。

這裡沒有境界低微的人，所有神族，無論神通術法這種『技』的層面，還是悟性頭腦這種思維層面，都無比高深，所以越是修為高深之人，越是不會輕易撒謊。

因為沒意義，對下不需要，對同境界的，會被揭穿。

此時此刻，許彌已經在那條神秘路上走出很遠，先前在那條巨大的宇宙裂縫中也曾修行，可那些區域的道與法比這裡差太遠。

作為這群神族選擇的最後棲息地，此地的道與法完善程度超乎想像！

即便是紫氣天尊本尊到此，也不可能像在其他地方那樣，一個念頭鎮壓天地。

越向前，許彌內心便越是有種怪異感覺，彷彿只要繼續向前，便可以徹底打穿一道蒙蔽萬物的屏障，這種吸引力，甚至超越了當下所關注的一切！

最終，許彌在那道屏障前停了下來，感覺無論思想、悟性還是自身神魂的力量，來到這裡之後，都到達了極盡。

即使很清楚繼續往前一步，就可以打破那道屏障，進入一種當下無法想像的領域，但許彌還是無能為力的停了下來。

多少有些遺憾，倒不是說下次沒辦法進入到這裡，而是許彌不清楚是否還有下次。

回首望去，曾經的黑暗如今已是一片光明，那裡交織著燦爛的道與法，心念微動，便看見隔著無數維度的地表之上所有場景。

時間讓他有些吃驚——二零六零年，一零月二一日，先前在黑障區和宇宙裂縫，感覺過了一年，結果卻只有幾個月。

如今推開青銅門，進入到這裡，半天都不到，外面竟然已經過去十年了？這就是天上一日，人間一年嗎？

許彌深吸口氣，看向秦國京城，看到了自己的母親，正在修行，她終究還是被林老師她們糊弄著，踏上了這條路！

許彌看著愈發年輕，神態如少女的母親，嘗試著與之進行溝通。

十年後的方芸霍地睜開雙眼，儘管選擇踏上這條路，可方芸的修行境界並沒有像一群『年輕人』那樣突飛猛進。

或許方芸從根本上就對修行，對成仙不感興趣，十年過去，也才只有曜日巔峰的境界，連蒼穹都不是。

對普通人修行者來說，這已經是不敢想像的提升速度，但對擁有方芸這種資源的人來說，太慢了。

方芸一臉震驚，她不敢相信地看向四周，甚至以為自己出現了幻聽。

這十年來，她沒有一天不想念兒子的，做夢都希望一睜開眼，兒子就微笑著出現在她面前，而事實卻是，她連夢都無法夢到許彌，那塊從她身上掉下來的肉，彷彿徹底消失在這個世間。

「兒子，是、是你嗎？」

方芸聲音有些顫抖，兩行淚水瞬間順著眼角滑落。

「媽，是我，我很好，妳不要擔心！我所處的地方和妳在實體層面上很近，就在這顆星球的內部，但卻隔著很多重維度，我在半天前……不對，是十年前，回去看過妳們，可那時候並不能和妳們溝通。」

許彌將心聲傳遞過去，方芸聽得一臉震撼，半天？十年？

也就是說，兒子身處的那個世界，才僅僅離開半天，她們……卻煎熬的過了十年？

方芸幾乎是在剎那間，就生出一股無窮無盡的修行動力，我不能繼續這樣下去，我要儘快踏入蒼穹境，然後合道，然後……

否則，方芸真的害怕自己等不到兒子回來那天。

她有很多話想要跟許彌說，一時間卻又不知該說些什麼，最後只是讓許彌多保重，去看看其他人。

「林瑜五年前就進了仙界，糖糖和佩雲，以及莫璃分別在四年前、三年前和一年前，也都突破飛升進入仙界了。」

方芸這番話讓許彌愣住，他沒想到這幾個倔強的姑娘，最終還是去了仙界找他，可他根本不在那裡！

我的神念竟然已經可以穿越維度與人溝通，那我是否可以找到仙界？

許彌比較擔憂林老師幾人當下狀態，沒有去找秦皇、盧首輔他們，神念一動，精準定位到當初在牛魔王秘境渡劫那片區域。儘管那個秘境早已消失不見，但空間維度中卻有那道仙門殘留的痕跡！

在高深道與法的干預下，許彌果然『翻』到了他渡劫當天那一頁，再次看到那扇仙門！

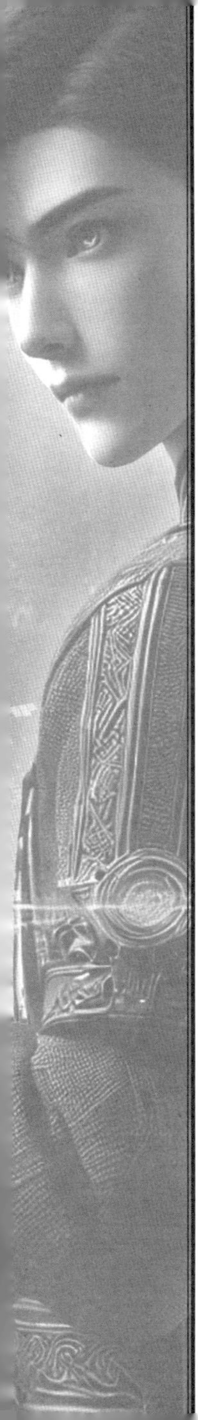

第八章 仙女下凡

這一次，許彌沒有猶豫，意念直接進入，裡面場景把他嚇了一跳。

血雨腥風，斷壁殘垣！就如同當年看見那一幕，整個仙界彷彿剛剛經歷一場恐怖的大屠殺。

牛魔王說仙界沒事，指的是當初，而這場殺戮，彷彿剛結束，或者……正在進行時！

隨著許彌強大神念的搜索，很快便看見有一隻恐怖大手出現在遙遠天邊，看似緩慢，實則快到不可思議，爆發著恐怖的道與法，不斷向下拍落。

不計其數的仙界生靈，全都瘋狂的四散逃離，有人，有妖，有各種神禽瑞獸，仙界早已沒落，不復曾經的輝煌與強大。

許彌急著找到林瑜幾人，神念以不可思議的速度穿行在這個浩瀚世界，他太清楚林老師的脾氣，面對這樣一隻鎮壓一切的大手，別人第一選擇可能是跑。

而林老師，絕對是一劍劈過去！

果然，許彌猜想一點都沒錯，就在仙界一隅，許彌清楚看見一道身影正冉冉升起，手裡拎著一把劍，散發著無與倫比的凜冽殺氣，狠狠一劍，朝著那只法則凝結的大手斬去。

和她一樣選擇的仙界生靈還有不少，所以林瑜的沖天而起並沒有那樣突兀，但她還是第一時間就被發現了。

畢竟當年紫氣天尊用身邊法器化作小道童，進入到人間，充當攝影機，監控了大家很多年，對林瑜這個來自秦國的天才少女，自然是很熟悉的。

「咦？妳居然來到了仙界？」

宛若大道轟鳴的聲音響起，那只巨大無匹的手緩緩挪動方向，向著林瑜飛起這方向鎮壓下來。

「不過沒什麼意義，妳的到來，也只能讓我多吞噬一個，增添幾分力量。」

鏘！劍光璀璨！飛升成仙的林瑜爆發出的這一擊，與世間任何仙人都不同，無數宛若真實星球的曜日星辰，在她身後驟然出現，爆發出炫目光芒，遍佈周天！

多年之後，反復打磨星月日蒼穹體系的林瑜，終於將諸天星辰修煉成她想要的樣子。

這太驚人了！此刻爆發出的光已經不是星光，而是真正的太陽光芒，熾熱、炫目！無盡虛空都被徹底照亮了。

大量仙界生靈眼中全都露出震撼之色，不可思議地看著這個陌生的仙子。

盛光中，還有三道身影，其中一道在虛空佈陣，並迅速啟動，恐怖的仙道法則瞬間在那只大手上面炸開。

另一個催生出宛若通天樹的巨大藤蔓，試圖將大手給困住。

最後一個，則是手裡拎著八卦爐，飛到那只大手上方，拼命往下傾瀉六丁神火！

「竟然還有妳們？」紫氣天尊的可怕神念波動中帶著幾分驚訝，不過隨後便嘲弄道：「不自量力！」

嗡！法則凝結的大手爆發出璀璨光芒，面對四個仙子的攻擊，表現得十分從容，唯有承受六丁神火那片區域，防禦似乎被他有意加強了。

鏘！林瑜這一劍斬在大手上面，縱橫數十萬里的劍氣，將璀璨光芒中的各種符文磨滅。

大手的邊緣位置，被斬出一道如同恐怖溝壑的傷口，鮮血頓時流淌出來，這不是天空中往下下血雨，而是直接出現一片血海，橫在天宇。

嘭！恐怖藤蔓死死纏住這只大手，宛若一條有生命的巨龍，拼命的往裡面勒！

莫璃傾瀉六丁神火的區域，也被燒穿，火焰落到手上，頓時熊熊燃燒起來。

「有點東西，吞了妳們，應該會有所收穫。」紫氣天尊的聲音傳來，道：「原本躲在人間，說不定妳們會撿條命，既然來了，那就別回去了！」

轟隆隆！大手瞬間解體，直接化成不計其數擁有小道童模樣的人，有老年，有中年，也有青年和少年。

如同孫悟空往外丟毫毛，化成無數猴子猴孫，這群人手中拎著不同的武器，鋪天蓋地殺向四個成仙沒幾年的仙子。

許彌神念剎那間傳遞到四人精神識海，留下一組座標，四人一愣，沒有丁點猶豫，轉頭就走！

「這個時候才想跑？晚了！」

成千上萬老中青模樣的紫氣天尊同時開口，場面壯觀而又詭異，但這四個女人逃走的速度快到不可思議，甚至超越了仙界法則！

仔細看去，莫璃頭頂懸著的八卦爐在發光。

打破世界法則壁障的原因顯然是因為它，八卦爐護持四女一路疾馳，紫氣天尊動了真怒，化身千萬，瘋狂追趕。

「已經進到仙界，回不去了！妳們還能逃到哪裡？乖乖接受被吞噬的命運吧！要不了多久，妳們的心上人許彌，就會來陪妳們了！」

無論林瑜還是唐悅溪這三女，其實都一眼認出身後這群追兵跟小道童很像，但她們誰都沒有多說什麼。

早在很久以前，小道童跟許彌一起離開人間踏上旅途那刻起，秦國這邊就已經有了這個猜測。

四個仙女這會兒只覺得激動，忍不住想要落淚，即使是真正高冷的林老師，哪怕在逃命，心中也湧起陣陣委屈。

臭弟弟，一晃十年時間沒動靜，終於捨得回來了嗎？

唐悅溪歡喜得差點笑出聲，小表情一如當年，面上看著有點高冷，心理活動卻豐富到連未來孩子怎麼教育都想好了，至於身後的追兵？根本不算什麼。

董佩雲一點都不高冷，一邊跑一邊落淚，他終於回來了！太好了！

莫璃腦子裡只有一個想法，我長大了！

一隻手掌化作的成千上萬個紫氣天尊，速度同樣超越仙界的基本法則，在高天之上，完全是在用瞬移在前行，眨眼間就追到四女身後不遠。

「本尊不過動用了一隻手，妳們就已經疲於奔命，別跑了，沒意義的！」

萬千化身瞬間合為一體，再次化作一隻大手，不過比先前稍微小點，抓向四女，絲絲縷縷的法則力量，已然形成鎖困。

四女看似在劫難逃，突然間，一道刀光，驟然出現。

大手上的法則力量極為強大，但在這一刀面前卻顯得無比脆弱，在被刀芒接觸的剎那，寸寸崩解，天空都被斬開一道深深的溝壑。

「我的天吶……這是誰？」

「有人認得那四個仙子嗎？這人好像是和她們一起的！」

「不是很熟悉，應該是最近幾年從人間飛升上來的修行者。」

「人間還有人能夠成功飛升到仙界？」

「好可怕的一刀，彷彿讓我回到了神戰之前的歲月！」

無數的仙界生靈，目瞪口呆地看著這一幕，都被這驚世駭俗的一刀給嚇到了，震撼到無以復加！

他們原本都已經絕望了，各種神禽仙獸，境界沒有那麼高深的仙界二代、三代仙人，面對紫氣天尊的一隻手，全都無能為力，卻不想絕處逢生，竟然有人只用了一刀，便劈碎了這只大手。

大手的崩碎速度甚至超越認知，強大到可以輕鬆困殺他們的法則，在這一刀面前脆弱得不堪一擊！

「許彌！」

高天之上，猛然間傳來一聲大喝，宛若洪鐘大呂，那聲音又驚又怒。

「叫你爺爺我做甚？」

許彌這道意念無比強大，冷笑著回應。

「你敢壞我好事？」

紫氣天尊真正的本體正在前往神族的路上，本打算雙線作戰的計畫被破壞了，而且這件事情的嚴重性超越很多人想像，直接亂了道心，顯得有些氣急敗壞。

「你看你這話說的，多沒水準，作為這世上最後一個天尊，你就不該說出口，我都替你害臊。」

許彌一邊跟他閒扯，一邊具現出那扇回到人間的仙門，這一幕同樣看呆了無數仙界中人。

仙凡兩隔，從來不是一句空話，在凡人世界的眼中，成仙之後，逍遙自在，想去哪裡就去哪裡，可實際並非如此，成仙是升維的過程，是生命層次的巨大躍升，但卻並非可以從此隨意穿梭三界。

在修行文明最為輝煌璀璨的時代，即便是最頂尖的神仙，想要『降維』進入到人間，同樣需要通過『下界』來實現。

所謂下界，也就是如同許彌這樣，通過一縷強大神念，穿越維度壁障，投胎到凡間，所有靈性都被封印，需要時間來解開。

除非人間有巨大道場，香火旺盛，擁有強大眾生念力的那種神，才有可能直接顯化意念，將各種神跡具現出來。

紫氣天尊想要尋找神族，都得設下這樣一個籠罩諸天萬界的龐大棋局，以萬界氣運為載體，以上古血脈為導向，費盡九牛二虎之力，才能最終實現目的。

這足以證明這件事情的難度有多大，而如今的許彌，真身並未在仙界！

這群仙界生靈雖然大多戰力有限，眼光還是相當厲害的，都能通過現場分析出真實情況。

這就太恐怖了！真身不在這裡，僅憑一道意念，便可在這裡顯化，具現出無與倫比的可怕攻擊。

一刀斬碎那只鎮壓他們的恐怖大手，轉頭讓仙門再現，讓這幾個仙子實現肉身領域的降維、下凡？

「她們這幾個仙子，竟然都是肉身成聖？」

「我的天吶，人間出大能了！」

「這太讓人不可思議了，真的是肉身成聖，而非元神飛升！」

「這個名叫許彌的是什麼人？還有，人間這些年究竟發生了什麼？哪位道友在人間還有道場，可否說說？」

「是啊，人間發生什麼了？怎麼會有這麼多人肉身成聖的？」

林瑜、唐悅溪、董佩雲和莫璃四人，在看見那扇門後，沒有任何猶豫的魚貫而入，剎那消失在那裡。

就在一些仙人猶豫自己要不要也跟過去，下凡進入人間躲避災禍時，門，消失了！

此時一些動作快的仙界生靈已經衝到那附近，看著門戶消失的地方嘆息。

有人朝著虛空躬身拱手，道：「許彌上仙，能否為我等消弭這場災厄？」

這話一出，更多人也都反應過來，回過神，齊齊發出強大的神念波動。

仙界中人，除去極少數上古大能是以肉身方式成聖之外，其他那些，都是靈體狀態。

當然，他們的靈體，跟鬼魂的魂體完全不同，看上去跟真正的實體並無二致，唯有真正的大能者，才清楚兩者之間的差距。

人體天生自成宇宙，若是能將肉身修行到無瑕無垢，可承受更高維度的地步，便等同於擁有了無與倫比的法力源泉，戰力遠比純粹的仙靈體高出太多倍！

許彌也並未具現出真身，他才剛剛走到這個世界的『道之終極』，還有太多需要感悟的事情，同時也有很多事情要去處理。

許彌只是用神念道：「諸位仙界道友，我會盡力而為。」

沒有使用在下、晚輩這些詞彙，以許彌如今這種修為，在這仙界成聖做祖都足夠了，若是自謙，旁人只會惶恐不知所措。

在許彌說完這句之後，沒有繼續停留，神念也順著那道仙門迅速溜走，四個『女仙』回到人間，站在半空面面相覷。

「我們似乎忘了問一件事情。」

已經從當年的小姑娘，長成絕色傾城大姑娘的莫璃嘀咕了一句。

「是欸，沒問他在哪……」

董佩雲點頭附和，林瑜和唐悅溪沒說話，而是看著四周的藍天白雲，感受著人間高天獨有的那種冷冽。

為什麼說高維世界的人會覺得這個世界污穢？其實不是誤會，而是降維之後的不舒服！

這就像把三維世界的人，放到一個只能前後左右移動的二維世界，同樣也會覺得無比的彆扭，甚至難以生存。

好在四人就是從這環境飛升出去，並且沒有多少年，很快也就適應過來。

許彌的聲音在四人耳邊響起，解釋道：「我在另一個維度需要解決點事情，就是那只手的主人，妳們在這邊等我。」

林瑜直接開口，一如既往的清冷聲音中，略微帶著一絲顫抖。

「你那個地方，很遠嗎？」

「物理世界上並不很遠，就在藍星內部，但中間隔著太多的維度，妳們就算進入到地心，也沒有任何意義，想要過來很難，我現在傳遞給妳們一些東西，妳們試試，看能不能用十年八年時間有所突破……」

隨後，許彌便將突破太乙蓮花經極盡之後的收穫，通過精神世界，傳遞給了這些人，也包括秦國天團中的其他人。

神族世界半日，人間十年！他現在就是想要打這個時間差。

按照許彌當初最終進入地心世界的時間，紫氣天尊就算境界高深，怎麼著也得個幾天吧。

到那時，人間已經過去幾十年！就算林瑜這些人改變不了什麼，但變得更加強大，成為紫氣天尊的勁敵，未必就不可能！

尤其是在得到這些經驗之後，宇宙九域，對這群人來說不再是天塹，會和許彌一樣，想去哪裡就去哪裡，就當給紫氣天尊這個老傢伙設下一些絆腳石好了！

這一切說來話長，其實全部過程也不過就是一念之間，四女和那些的天團成員的腦海中，突然間多出大量高層級感悟，等到回過神來那一刻，一切都已經結束。

如果不是大白天，這群人甚至感覺自己像是做了一場夢。

莫璃有些悵然若失，道：「他走了？」

唐悅溪微微皺眉，道：「他剛剛說的十年八年是什麼意思？」

林瑜說道：「先回家看看！」

她們之前從未想過，飛升仙界之後，竟然這麼快就會回來，尤其莫璃，一年前剛剛成功飛升，結果一轉眼的功夫，就又回來了。

四女第一時間來到京城那片別墅區內，看見方芸，雙方都從對方眼中讀出了想要的資訊。

「他說他早就回來看過我們，但身處完全不同的維度世界，無法溝通，然後他進入到地心的高維世界，在那裡才過去半天，咱們這邊就已經過去十年了……」

方芸主動講述了許彌當下的狀態，四女這才明白許彌剛剛說的十年八年是什麼意思。

董佩雲喃喃道：「他這是希望我們能夠通過他那邊的一兩天，人間的十幾二十年進行突破，然後過去幫忙？」

林瑜終究還是很冷靜的，微微搖頭道：「他所在的那個地方，我們想要過去恐怕沒那麼容易，他傳法給我們，應該是想要我們擁有自保能力。」

莫璃道：「我不管那麼多，我會儘快修行，然後去找他，那條路再難走，哪怕要穿越重重維度，我也要找到他！」

這時，外面突然飛過來一道道身影，沈淑貞驚喜聲音在外面就傳進來。

「天啊，真的是妳們回來了！」

「不是說飛升仙界之後，就很難降維回到這個世界嗎？」

雷季誠的聲音隨後傳來。

「可以隨便回嗎？要那樣我也要去仙界！」

「你還差點，我倒是隨時可以了……」

這麼多年過去，這群人其實就算沒到飛升期巔峰，也都相差無幾，只是他們各自心中都有所羈絆，沒有第一時間選擇衝擊仙界。

得益於星月日蒼穹的修行體系，以及許彌這個領路人，如今整個秦國，從上到下，就沒有修行無情道的。

昔日的天團成員更是如此，如今的他們，在人間的境界也幾乎是到頂了，沒有選擇進入仙界，也是想要多陪陪家人，同時也都沒閒著，為秦國修行領域的教育事業做著屬於自己的貢獻。

一眾天團成員，時隔很久，再次重新聚集到一起，彷彿回到了當年的青春時代。

已經真正成長為劍仙的趙羽瀟，喃喃道：「老大就是老大，太厲害了，他傳給我的這段法，讓我根本無需進入仙界，就可以繼續向上修行！」

霍春彩道：「我感覺自己在法則毒素的領域又可以向前一小步了！」

藍雪靜幽幽說道：「妳向前一小步，哪個倒楣蛋就得後退一大步……」

如今的秦國，幾乎眾所周知，有幾個年輕高手是不能招惹的，霍春彩力壓莫璃，排名第一！

前幾年有境界不斷退步的昔日諸天大能，不甘心就這樣謝幕，暗中串聯，試圖染指八卦爐。

認為許彌和林瑜這兩尊大神都走了，剩下這些人也就法陣領域厲害，其他不過如此，於是趁著一場國宴，想要對眾人突然發難，在他們看來，妳唐悅溪再厲害，也不可能在這種地方佈下法陣吧？結果法陣確實是沒有，但有毒啊！

霍春彩當時只平靜地看了眼這群人，問了句你們確定要這麼幹？

在得到肯定的回答之後，她一句廢話都沒多說，發動突襲這群人就一個接著一個倒下去，面色鐵青，口吐白沫。

堂堂飛升期的大能，就這樣被生生毒死了！

從那之後，這個曾經在秦國天團不顯山不露水的漂亮姑娘，就成了很多人心中的噩夢，即使是秦國人，也都談之色變。

到如今甚至已經被當成嚇唬孩子的工具人——你再不聽話，就讓霍仙女給你下毒！

霍春彩對此不以為意，依然沉浸在自己的世界中，悉心研究。

最近也正好到了瓶頸期，如果不是四女歸來，消失十年的老大突然傳法，說不定他們這群人也會選擇進入仙界。

畢竟積累也已經夠了，對家人的陪伴和安排，也都到位了。

孫禦烽看向林瑜道：「林老師，老大那邊是不是有危險？」

這話一出，眾人都安靜下來，其實直至今日，許彌和林瑜之間的關係依然沒有真正公開，就連這群天團成員，也只有唐悅溪這幾個當事人才清楚，因此這些人對林瑜，依然是那種對師長的尊重。

要是知道她和許彌的真實關係，早就叫大嫂了。

林瑜點點頭，道：「剛剛我們在仙界，倒是見到了那只幕後黑手。」

眾人都有些吃驚，董佩雲笑道：「對，真的是一隻手！」

等到幾人將仙界那邊發生的真實事件說出後，在場這些人全都被驚得幾乎說不出話。

沈淑貞喃喃道：「我明白了，仙界也不安全，我們還是就在這裡認真修行，只有戰力越來越強才能真正幫到他。」

雷季誠道：「也是在幫我們自己！」

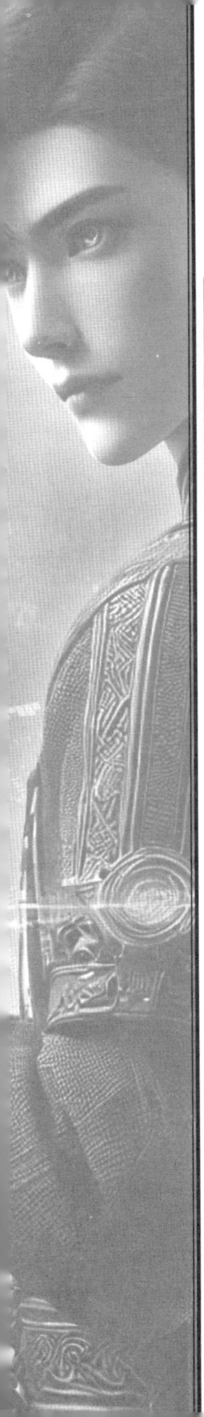

第九章

餘孽

另一邊，地心世界，許彌將『遊覽三界』的神念收回之後，緩緩睜開雙眼。
在這種道與法完全不同的空間修行，效果真的很驚人，但如果想想這裡半日，人間十年，感覺也就正常了。
此時的許彌，處在一種非常玄妙的境界當中，看似已經停止了修行，實際無論顏色變得更深的金綠雙色精神海，還是海上那朵太乙蓮花，依然在跟這個世界的至高頻率共振。
各種頂級的無上法也在這種頻率當中，以一種令人驚嘆的速度提升著。
此時，神族的會議室內，無數人都沉默著，悉心感悟著以許彌所在位置為圓心，不斷擴散出的法則波動。
「這是先天修行聖體吧？」
「或許真的是從外面進來的……」
「他，真能讓我們死後重啟？」
「天尊級別的戰力，縱然我們舉族一起上，也是真的打不過。」
「那是有資格參與神戰的存在，確實非我們這群人所能敵。」
有人輕聲交談著，楊青和女子相互對視了一眼。
三米高的女子和十米高的楊青，在這群二十米是起點的人面前，顯得有些渺小，但他們身上散發出的氣場卻是令人不敢無視。

這時，一名先前堅決反對的神族長老，先是輕輕嘆了口氣，隨後緩緩說道：「族長，大長老，能不能把我們族裡少數幾個孩子，送到地表世界？」

另一名同樣先前持反對意見的長老也開口道：「是啊，總要給我們這個古老的群族留下一點火種和希望吧？」

隨著兩人開口，會議室徹底安靜下來，所有人都將目光集中到楊青和女子身上。

楊青看了眼女子，然後說道：「咱們不是諸天氣運加身的許彌，沒辦法穿越重重維度，若是強行降維，肯定會死的。」

一名長老嘆息道：「真的……就只有通過下凡這一種手段嗎？」

高維向下，下凡的確是最簡單的一種手段，可問題在於，一旦下凡，就相當於所有一切都要重新開始。

這還不算什麼，下凡之後，重新投胎，就會變成普通人，而他們這支僅存的神族，最大的驕傲，就是依然維持著巨人形態啊！

「我們的血脈是一樣的，你們不要看不起三維世界的地表人，我們長得高大，不過是因為氧氣濃度巨大，靈氣充沛……」

女子說完，頓了頓，女子又提醒著其他人。

「還有，你們或許沒有意識到，那個世界，才是真正不受任何影響的地方，我跟楊青長老甚至一直都在懷疑，如果說我們這個世界是虛擬的，那麼藍星的三維人間，就是伺服器所在的地方，所以如果有人想要通過這種方式，將子嗣送到那邊去，我是贊同的。」

一眾神族巨人相互用精神密語討論著，最終，所有人都同意了這個計畫，但在找許彌說這件事情的時候，卻被拒絕了！

女族長和楊青都很無語，楊青道：「我們好不容易才說服所有人，為什麼你卻選擇拒絕？」

女子也看著許彌，道：「如果你是因為過意不去，其實大可不必，之前我就說過，生命的意義在於存在過，而不是永恆不滅。」

楊青說道：「這世上不存在真正的永恆，你們那顆三維世界的星球早在幾十億年前，就曾有過輝煌燦爛的人類文明，掌握了對核能的使用，但他們最終還是徹底消失在這個世界上，我們這個種族崛起之後，很多人都曾追溯過自身靈魂的源頭，有些甚至可以追溯到三維世界的百億年前，所以我們今日的犧牲，並不算什麼。」

許彌搖搖頭，說道：「我在剛剛修行過程中，也曾無意中瞥見過源頭，這個世界，恐怕和你們，以及我先前認知的不一樣。」

女子跟楊青微微一怔，許彌問道：「你們不是始終想要研究明白，關於靈魂的課題嗎？」

楊青微微點點頭，許彌又道：「我們是根據物質世界的定律，以及各自研究出的虛擬世界來進行的這種推斷，看似很有道理，也確實有道理，這個世界被設計的痕跡太重了。」

楊青回道：「對呀……」

許彌看向楊青，道：「但我在剛剛的修行感悟中，觸碰到了一個界，感覺繼續往前一步，就能打破，可惜力有不逮，差了一籌，我想，紫氣天尊那邊也有同樣的發現。」

楊青和女子沒有再說什麼，眼中都難掩吃驚，許彌當下這種境界，果然跟那些上古先賢十分接近了。

「根據我當下這種境界的一些新發現，有了一個全新的猜想。」

許彌看著兩人，緩緩解釋。

這個世界不管是哪一個維度，綜合到一起後，就是一個有邊界的牢籠。

三維物質世界一直在膨脹，速度超過了這個世界最基礎的定律光速，就是設計這個牢籠的人，不想讓任何人找到這個邊界。

而高維世界維持著恒定不變，只是一種假象，外面的人，希望裡面的人能夠一直被困在這個假象當中，因此可以推導出一個結論。

這個世界既是真實的，又是虛擬的，只要能夠打破那個界，就有機會能夠逃出去，但也只有破界者本人才可以，出去之後，思想意志可以影響到現實，這也是為什麼在三維世界，求神拜佛依然能夠得到回應。

所以，神族的犧牲，對許彌而言，是有意義的，但對他們自身，沒有任何意義，靈魂依然不得自由。

楊青和女子聽後，全都久久沉默不語，許彌的坦誠固然讓他們感動，可如果事實真相真的是這樣，也很令人絕望！

許彌笑著道：「其實無需絕望，過去那些先賢大能們一直想要做的，並非是讓我們這些後人不斷提升維度，而是要不斷提升心境！」

女子眼中閃過一抹茫然，以她和楊青當下這種修為，對自身心境的認知基本都是『道心澄澈通明』，不敢說處在絕對的圓滿狀態，但也幾乎沒有新的路徑可走。

許彌輕輕嗯了一聲，道：「對，就是心境，我可以傳一些法給你們，只是當下並不是很完善，畢竟我也才剛剛接觸沒多久。」

許彌這話其實是有點謙虛了，在這個高維世界，他領悟的道與法遠超這些人的想像。

楊青跟女子沒有拒絕，對許彌也給予了最大程度的信任，毫不猶豫放開他們的精神世界。

對這種層級的生靈來說，徹底開放精神世界，已經算是絕對的信任了，但凡許彌有點歪心思，都可以因此輕而易舉的控制住他們。

精神世界的資訊傳導只是一念之間，許彌沒有窺探這兩人隱秘的想法，所以只是將資訊傳遞給他們，然後迅速中斷了與他們精神世界的連接。

就在這時，一道可怕神念波動鋪天蓋地，席捲而來，紫氣天尊來到這裡的速度，要比人們想像中更快！

楊青跟女子相互對視一眼，既有對許彌傳遞給他們的資訊的震撼，也有對紫氣天尊到來的意外。

「幸虧許彌拒絕了，否則我們根本來不及，將所有人的生命精氣都轉移出來。」

一聽楊青這話，紫氣天尊冷笑不止。

「我就知道你們會生出這種想法，所以才不惜一切代價迅速趕來，最討厭你們這群假裝無私的東方道域人！」

接著，紫氣天尊轉頭望向許彌，說著一堆讓人摸不著頭緒的話。

「許彌，你以為你得到宋煜的傳承，就能改變這一切了？真是笑話！他就算唯一真神又能怎樣？既然已經離開，那就滾遠一點，這個世界已經不再屬於他了，當年就是他毀了我們的全部修行體系，假惺惺，一副救世主的模樣。」

楊青跟女子，以及其他所有神族人全都聽得一頭霧水，宋煜是誰？這個名字實在是太過陌生了。

「哈哈哈，簡直笑死個人！今天我就要讓他知道，他宋煜，世間的唯一真神，也不過是我棋盤中的一顆棋子！」

紫氣天尊得意大笑，許彌也同樣聽得有點傻，他也沒聽說過這個人，但卻不知為何，精神識海中那顆綠色月亮輕輕一震。

下一刻，許彌脫口而出，說出一句話。

「就憑你這種上一代的餘孽嗎？」

轟隆！高天之上，猛然間傳來一陣恐怖的爆鳴，整個高維世界的大道都在震顫。

紫氣天尊的神念波動中，帶著明顯的恐懼。

「你你你……你究竟是誰？」

此時許彌精神識海中的綠色月亮，爆發出前所未有的璀璨光芒，與此地大道共振！

這股頻率波動，讓整個地心世界都像是處在具現出的大道洪流當中，如同極高溫天氣下出現的空氣扭曲，整個世界都變得有些不真實起來。

一道身影在洪流中被拋飛出來，此人身材高大，超過百米，身上釋放出恐怖的威壓，對抗大道洪流。

這股威壓壓得這裡所有神族生靈，包括楊青和女子全都喘不過氣，但下一刻，就被天地間驟然出現的這股大道洪流給擊潰了！

被大道鎮壓，此時的紫氣天尊別說鎮壓這群神族，連自身的道與法，都在這一刻搖搖欲墜，曾經被他忘卻的，拋在腦後的上古恐懼，再一次席捲上心頭。

作為頂級智慧種族中最出色的佼佼者，紫氣天尊剎那間就意識到自己正在面對什麼。

還以為避開上古時代那場可怕的大戰，他這個倖存下來的唯一天尊便可以為所欲為，能徹底突破這個被封印的世界，從此真正跳出三界外，不在五行中，什麼生死輪回，對他再無任何束縛。

結果卻沒想到，那個人就算離開很久了，留下的後手依然這樣可怕。

「我明明計算過，也推演過無數次，他在這世上沒有任何痕跡留下，為什麼還會影響到我？」

沒人回答紫氣天尊，許彌剛剛脫口而出的那句話，也是下意識的，並非本意，都是月亮惹的禍。

許彌此刻感覺那綠色月亮當中，蘊藏著難以想像的至高道與法，各種針對這個世界法則的絕對屬性，形成一道道無比複雜的數學公式，爆發出大道轟鳴，朝著身材巨大的紫氣天尊轟擊過去。

絕對火焰！由法則凝聚而成的火焰，沾染到紫氣天尊那具強大肉身瞬間，便轟的一下升騰起來。

世間生靈修行到最後，幾乎都是在法則領域裡面折騰。

鑽研、頓悟、理解、解析、掌控，將肉身與神魂全都修行，修到與此間世界至高法則等同的高度，至此，可自比天道！

然而，從許彌精神識海中飛出的法則火焰，卻帶著一股不屬於這世間法則的

『彼岸氣息』，形成一座更高山脈，瞬間就給紫氣天尊造成巨大傷害。

紫氣天尊難以置信地道：「你一個修行時間如此短暫的小東西，怎麼可能承載如此至高無上的法則？」

紫氣天尊渾身燃燒著恐怖火焰，抬起一隻大腳，重重踏向許彌。

紫氣天尊吼道：「只要你死了，一切也就結束了！」

按照雙方體型，許彌連只螞蟻都算不上。

紫氣天尊儘管傷勢很重，卻依然擁有恐怖無雙的超級戰力。

這一腳蘊藏的法則力量太過強大，以至於隨著他的動作，下方這座神族巨城都在頃刻間土崩瓦解，崩碎、湮滅！

大量神族人紛紛大口吐血，拼命往四周跑去，面對世上最後一位掌控天道法則的天尊，即使是這群同樣擁有至高神力的生靈也完全不是對手。

不少先前認為可以憑藉數量與紫氣天尊殊死一搏的神族人，直到這會兒才真正明白，雙方之間的差距完全是不可想像的。

對方只是一腳踏下，甚至目標不是他們，就已經無法承受。

很多人在往四周逃走的過程中，被法則絞殺，身體爆碎成血霧，往紫氣天尊那邊飄散過去，被迅速吸收了。

「我就不信，真身早已不在這裡，連一道意念都沒有留下的人，僅憑一個代言人，就能將我這個當世最強者鎮壓？」

紫氣天尊身上火焰依然在熊熊燃燒，頂級法則凝練出的甲冑被燒穿，戰衣被燒化，肌膚血肉都被燒光，露出裡面森森白骨，閃爍著炫目的光澤卻在不斷被磨滅，而隨著神族生靈的隕落，大量血霧飄散過去，那些白骨再次爆發出璀璨光芒，迅速生出血肉！

這是一場至高法則的較量，同時也是新老體系的一次正面對抗。

絕對水系！絕對土系！絕對木系！絕對金系！各種絕對屬性從綠色月亮當中飛出，彷彿最頂尖的人工智慧，自行排列組合，對紫氣天尊展開絕殺。

而此時，那只大腳也已經出現在許彌頭頂。

許彌手中依然是那把未來之刃，揮刀斬向這只大腳。

「哈哈哈，你難道忘記，我在你兵刃上面留下過印記？」

紫氣天尊渾身破破爛爛，卻在狂笑。

「終究是沒什麼見識的小孩子，你是不是真的以為憑藉你這點戰力可以跟我鬥？如果沒有宋煜留下的手段，你連這群可憐的神族人都不如！連出現在我面前的資格都沒有，你不過是一把鑰匙！」

紫氣天尊的咆哮聲音，蘊藏著恐怖的雷霆法則，不斷轟擊許彌精神識海。

「你廢話太多了！」

許彌不受任何影響的揮動手中未來之刃，施展出盤古開天法中的開天闢地，斬神魂，斬肉身！

與此同時，金烏星辰訣不斷升級，各種絕對屬性可不僅僅只是用在攻擊方面，對許彌的修行法同樣有巨大加持。

轟隆隆！大道轟鳴不斷在許彌精神世界中響起，紫氣天尊留在未來之刃上的那些印記，剎那便被抹除了。

嗡！經過至高法則煉化的未來之刃，只有模樣沒有變化，其內核跟本質，早已發生巨變！

鏘！一道刀芒斬出，紫氣天尊本尊那只十幾米長的大腳腳底板處，爆發出一片火星子。

早被至高法則煉化成當世最強大神金的腳掌，扛住了許彌這一刀。

紫氣天尊冷笑道：「螳臂當車！」

下一刻，紫氣天尊猛然間發出一聲驚呼，那只巨大的、宛若神金的腳掌，嘩啦啦流淌出金色血液。

「這不可能！」

「別大驚小叫的了！」

紫氣天尊發出驚呼，許彌大喝一聲，身體升騰而起，既沒有化作巨大無匹的法相，也沒有使用神通去攻擊，而是採用人類最原始的格鬥技巧，不斷揮刀斬向紫氣天尊。

「你一個道蘊化成的生靈，固然強大，但有什麼資格自稱天尊？上古神戰，那些天尊佛陀，抗擊的都是來自外域的強大生靈，因此才被人尊重，你算什麼東西，也敢妄自稱尊？似你這種規則生物，老子殺過無數！」

綠色月亮震動，許彌再次脫口而出，他感覺這個叫宋煜的人也很臭屁啊！

事到如今，許彌又怎麼可能感受不到，精神識海中的這顆綠色月亮有問題？儘管這上沒有殘存任何意念、執念和意志，但卻彷彿蘊藏著那個前輩的某種特質。

在被一些原因觸發之後，說出來的話語並非許彌的本意，而是那個叫宋煜的前輩的意志！

因為是在精神識海爆發，又太過強大，哪怕只有一丁點波動，也會影響到許彌，跟那種意志共鳴！

許彌不斷揮動未來之刃，像是凌遲。

紫氣天尊暴怒且惶恐，他明明沒有感受到關於那個人的波動，可現在發生的一切，卻都有那個人的影子！

拼法則，自身被碾壓，想要強殺作為『載體』的許彌，卻發現這個年輕人遠比他想像中更強。

先前看不起許彌，認為不過是一把開啟他成功大門的鑰匙，現在卻發現，這是一把可以將他千刀萬剮的利刃！

更讓紫氣天尊感到震撼的，是高天之上，那條古老的通道當中再次傳來能量波動。

一大群身影，蜂擁而至！明明只是一群境界低微，實力羸弱的小傢伙，可身上卻都散發著和許彌一模一樣的至高法則！

好比一群沒什麼力量的小孩子，手上卻拎著雷射武器，別說成年人，就算是大象，也能一下撂倒。

紫氣天尊都快要被氣瘋了，破口大罵許彌不講規矩，如此至高無上的法則怎麼能隨便傳給身邊人？

「你難道不怕他們掌握和你等同的法則，有朝一日會反噬，對你動手嗎？」

越是至高無上的生靈，越是自私，法不輕傳，道不賤賣，結果到了這群小傢伙這裡，這種至高無上的法成了爛大街的東西。

但凡許彌掌握的，這群人幾乎全都掌握！儘管應用起來稍遜於許彌，威力卻同樣可以破開他的防禦！

紫氣天尊是法則生靈，生於最尊貴的大道紫氣中，曾化身人類，在東方道域學習很多年，跟神族中的很多人都非常熟。

對東方道域的各種修行文明、法則不能說是很熟悉，簡直就是了若指掌，卻從來沒在東方道域的任何一個地方，見到過這種事情。

孫禦烽一雙鐵拳，狠狠砸在紫氣天尊頭頂。

「哈哈哈，這麼多年來，終於有機會跟老大並肩作戰，這感覺爽啊！」

轟隆！紫氣天尊頭蓋骨都被孫禦烽雙拳給砸開，腦漿子都飛出來。

他怒不可遏，凝聚法則轟殺孫禦烽，卻被雷季誠施展至高無上的土系神通，這所形成的防禦給擋住。

霍春彩暗戳戳往紫氣天尊傷口上下毒，那些至高無上的規則毒素，瘋狂腐蝕紫氣天尊的血肉筋骨。

趙羽瀟祭出飛劍，劍氣縱橫三萬里，專門往被霍春彩腐蝕的區域攻擊。

這群年輕人不講武德，非常之無恥。

唐悅溪跟董佩雲以及莫璃等人，則開始圍著紫氣天尊進行佈陣。

林瑜手中拎著一把劍，為這些人進行守護，這也是她有生以來，第一次沒有見到敵人之後主動衝上去。

多年過去，林老師終於學會了『收』。

「發動災變害死我秦國無數人，害死我父親，這一千刀是給他們報仇的！」

隨著這群人的到來，許彌這邊壓力驟降，對紫氣天尊的凌遲進行得更加順利。

「諸天萬界生靈在你眼中都是螻蟻，人家在自己世界過得好好的，卻被你用無上神通給弄到我們這邊，逼著人家和我們廝殺，是不是覺得自己很威風？這五百刀是為他們出氣！」

許彌出刀速度太快了，紫氣天尊身上血肉紛飛。

「無論練氣還是築基，亦或是大乘和飛升，諸天修行者都是依靠自身努力，擁有今天成就，被你一個自私自利的念頭，全都給毀了，這麼大的因果你承受得起嗎？這五百刀告慰他們！」

場面太過駭人，但一眾天團成員卻在這一刻，徹底被許彌激起心中仇恨。

「這麼多年，我們受了這麼多苦，犧牲那麼多人，都他媽因為你！這五千刀是為我們心中憋了這麼多年的一口惡氣！」

另一邊，楊青跟神族女族長全都看傻了！

「這還是我們認知中的地表人族嗎？」

「這些都是普通人類？」

「紫氣天尊說得並不能算錯，許彌……他真的不按常理出牌啊！」

「別的至高大能是法不輕傳，到許彌這裡，卻是根本不在乎。」

「跟大白菜似的……」

兩人這會兒距離不算遠，目瞪口呆地看著一群人圍毆紫氣天尊，感覺世界觀都要崩塌了。

什麼時候至高無上的天尊大能，這麼好打了？還有，那宋煜……究竟是誰？

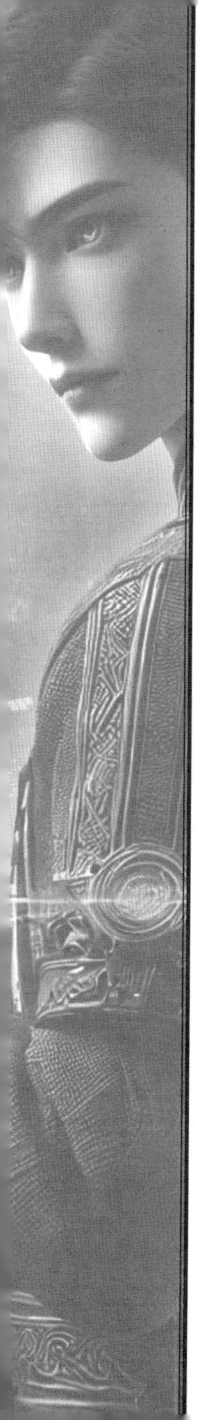

第十章

那山的風景

許彌也不清楚宋煜是誰，他只知道，沒有眼前這個傢伙，就不會有那場災變。

他的父親也不會死，一家三口到今天依然和和美美地生活在一起。

至於這個世界的真相是什麼？誰他媽在乎啊？

往小了說，許彌只想一家三口幸福美滿，往大了說，那就是國家昌盛，富強安康，而這所有一切，都因為這只無形之手的介入，而發生了根本性的轉變。

靈氣復蘇？許彌只看到了生靈塗炭！

命運選擇了他，那他也只好迎難而上，即使在這個過程中，經歷再多的艱辛和苦難，也要咬著牙，低著頭，彎著腰去面對。

牛魔王那種上古活到今天的老妖聖，告訴他要低調隱忍，但從夢境映照到現實的綠色月亮卻在無聲的告訴他——忍個屁，幹就完了！

轟隆隆！紫氣天尊全面爆發了，他感覺再這樣下去，自己就真的要死了，死在當年就是傳說的那個人，留下的後手上。

事到如今，紫氣天尊依然不相信，憑藉這群羸弱如螻蟻的凡人真的能夠殺他。

紫氣天尊動用至高法則，全面復蘇，已經變得乾枯的骨頭重新生出血肉，雙目射出神光，各種道與法具現出的攻擊威力驚人，化作各種神禽異獸，甚至還有模擬出來的上古諸天神佛。

剎那間，這個巨大的地心世界都要被打崩了！

大道轟鳴，梵音隆隆，這群秦國天團成員儘管掌握的道與法極為高端，可以傷及紫氣天尊本源，但他們自身境界終究還是有點低。

隨著紫氣天尊的爆發，再難承受住那種可怕的壓力，不得不退到遠處。

此時的許彌，同樣也在全面爆發當中，這種高維世界的時間法則太特殊了，宛若濃縮的精華。

在這種堪比神戰的戰鬥中，許彌頓悟、成長的速度簡直不可思議。

隨著唐悅溪等人佈下的法陣崩潰，眾人不得不往後退卻，但許彌卻繼續向前，身上綻放出無盡的神光，先前幾乎走到極盡的那條路，竟然在這一刻再度向前推進。

轟！整個世界，剎那間安靜下來，許彌在這一刻，看見了不計其數的畫面，如同潮水湧入他巨大無比的精神識海。

有上古先民篳路藍縷，為生存，在滿是可怕天災的世界蹣跚前行，抗擊強大的妖獸，抵禦各種外來強敵。

有諸天神佛打的那場恐怖大戰，這當中，關係到一種名為『人體秘藏之地』的修行法。

同樣是諸天萬界，所有修行了這種法的人，一波一波被收割，像是韭菜一樣，前赴後繼，直到這世界出現了一道偉岸的身影。

宋煜！許彌幾乎瞬間就知道了這人身分。

對方的一生畫面，迅速出現在許彌腦海中，比他的經歷豐富太多倍！

許彌看見的最多畫面，就是這道身影一身所學的快速推進，這一切說來話長，實際只是一剎那。

看著燃燒道行與一身法力，強行復蘇的紫氣天尊，許彌臉上露出一抹輕蔑的笑，揮動手中未來之刃。

這次他沒有動用任何道與法，就是簡簡單單的一記劈砍。

這動作，就算從來沒有修煉過的人，也可以輕鬆做出來，自上而下的一刀，甚至沒有刀芒。

想像是一隻大螞蟻，跳到一個人面前，居高臨下的來了這麼一下。

紫氣天尊面色無比凝重，剎那間就意識到了不對勁，直接毫不猶豫的爆發出了他的全部實力。

作為一尊能操縱諸天萬界的大能，他的戰力在這種爆發之下，整個維度都被擾動了，甚至隔著不計其數的維度空間，影響到了現世那邊！

此時，整個藍星上空開始出現奇異的光，像是極光，但卻要比極光絢麗太多倍，所有人都為之驚嘆不已。

秦皇等人紛紛出來，看著這驚人一幕。

突然有人大聲喊道：「我的道與法……正在回歸！」

錦繡宗宗主應靜華也驚喜地道：「我感覺自身正在全面復蘇！」

昔年諸天萬界留在這邊的人，早已經接受了一界生、萬界落的命運，世界是真實的還是虛擬的都已不在意，只要當下是真實的活著，也就夠了。

這當中絕大多數大乘期、飛升期的修士選擇了隱居，避世不出，養花品茶，下棋垂釣，就像是一群退休老頭，過著悠閒生活，少部分則進了校園去教書，甚至不全是修行學院。

對於這群活了太久的修士來說，他們腦子裡的見識和知識，在某些領域，幾乎是無敵的。

可就在今天，所有人都能感覺到體內已經乾枯的道與法，像是久旱之後降下了一場甘霖，竟然迅速變得活躍起來！

「發生了什麼？是許彌擊敗了幕後黑手，兌現當年承諾了嗎？」

有老輩大能喃喃輕語，眼圈都紅了，也有年輕一輩的諸天萬界修行者，激動不已，忍不住落淚。

「許彌真的太強大了，沒想到有朝一日，我竟然還有機會重新踏上修行路？」

高天之上，絢麗的色彩不斷變幻，過程中很多人都意識到，戰鬥並未結束，他們一會兒可以恢復修行，一會兒又會中斷。

此時此刻，身在秦國的諸天萬界修行者，心全都提到了嗓子眼兒，默默為許彌祈禱。

他們原本以為這一切會很快過去，結果卻是沒想到，整整持續了三十年，以至於在這過程中出生的新生兒，都以為天空是彩色的，就是這樣絢麗多姿的。

當父母給他們看之前的藍天白雲時，甚至會覺得這種顏色很單調，並不好看，令人啼笑皆非。

許彌已經在地心世界跟紫氣天尊打了一天多，身上同樣出現大量傷口，一個當世的最強者，垂死掙扎，所爆發出的戰力相當恐怖。

林瑜和唐悅溪等人又殺了回來，因為他們也都發現，在這裡修行，在戰鬥中進行感悟，竟然比在三維世界快了無數倍！

闕瑩潔甚至現場用倖存神族提供的頂級大藥，通過八卦爐煉丹分給大家，這裡不能按天計算時間，應該按分秒來計算，所有人都在爭分奪秒。

紫氣天尊眼珠子都紅了，一片血色，通過法則具現出的上古神佛，不斷殺向眾人，然而並沒有太大意義。

他的傷勢太重了！被許彌先前那簡簡單單的一刀，傷到了根本，大道本源都在不斷崩潰，訴求也從最開始的殺掉這群人，變成怎麼才能逃走。

紫氣天尊在意識到根本無法逃離之後，又轉換成了要如何才能跟這群人同歸於盡。

尤其是許彌，這年輕人成長速度簡直快到令人絕望，幾乎每一分每一秒都在高速提升中。

上一秒還很難擋住他爆發出的上古佛法，下一秒就用更高層級的佛法去化解，前一刻還擋不住他具現出的上古聖獸攻擊，下一刻便能成功反擊。

在紫氣天尊漫長的生命中，從來沒見過這種人，只聽說過，就是那個曾經的妖孽！

「難怪都說這裡是大道本源之地……」

面對愈發強勢的許彌，紫氣天尊在心中嘆息。

「當年通過蟄伏、假死，避開了那人，想要在這一世綻放出璀璨光芒，結果卻是想多了，可憐我一身傲骨，卻活得像個小丑。」

此時，許彌踏著一朵巨大無匹的蓮花，覆壓整個地心世界，跟精神識海中那朵七彩蓮花和鳴共振，宛若一尊至高無上的神祇，面對紫氣天尊這位無上存在，不斷發起衝擊。

許彌身上被法則割開的傷口同樣也在流血，一些骨頭甚至都已經碎裂，但新生的速度同樣快到不可思議。

林瑜和唐悅溪這群人則分別處在不同方位，各行其是，像個獅群，在許彌這頭年輕獅王的帶領下，這群人展現出了無與倫比的凝聚力和令人讚嘆的戰鬥力。

楊青跟那女子帶領倖存下來的族人已經躲到了邊緣地帶。

這種級別的戰鬥，溢散出來的法則都是致命的，儘管許彌傳音，讓他們暫時離開這個維度，但神族有神族的驕傲，他們感覺自己幫不上什麼忙也就算了，如果轉身逃走，沒辦法面對自己內心。

「許彌，你是不是以為我就這樣完了？你做夢！這一切，都是你逼我的！」

紫氣天尊再一次全面復蘇，咆哮著燃燒起一身大道，他要動用時空法則，逆轉光陰，試圖強行將整個世界的時間線，逆轉到災變發生之前！一旦成功，儘管一身境界會急速跌落，再遇強敵甚至會發生危機，卻也好過現在。

隨著紫氣天尊不顧一切催動這種無上神通，許彌精神識海中的綠色月亮霍地跳出來，瞬間將整個地心世界都給映照得一片慘綠。

下一刻，剛剛形成的時空漩渦怦然爆碎，許彌趁機，再次斬出一刀，將滿臉驚愕的紫氣天尊劈成兩半。

這一刀幾乎集中了許彌當下所有的修為，一刀斬出之後，自身力量也被耗盡。

林瑜身形化作一道殘影，剎那衝過來，揮動手中同樣由至高法則凝結，具現出的神劍，狠狠斬向想要聚合在一起的紫氣天尊。

唐悅溪引動剛剛佈下的法陣，光芒交織縱橫，無數殺機迸發，莫璃操控六丁神火，配合霍春彩剛剛領悟出的至高法則毒素。

趙羽瀟的飛劍瘋狂斬向紫氣天尊的一條小腿，孫禦烽鐵拳繼續轟擊對方頭蓋骨。

藍雪靜這個恬靜漂亮的姑娘更是勇猛，竟然直接衝到紫氣天尊一邊的臉上，在那上動用至高法則刻下死亡銘文，吉英濤為她打掩護，不斷射出規則箭矢，精準命中那邊臉上的眼睛。

沈淑貞、雷季誠、林友山這些人則在配合唐悅溪佈陣。

這麼多年，他們在法陣領域的造詣早已超越了無數先賢大能，紫氣天尊像個超級大BOSS，被秦國天團眾人憑藉驚人意志，不斷消磨血條。

即便掌握著這個世界至高無上的法則，可以源源不斷從中借力，依然還是經不起這種消耗。

此時，地心世界已經完全被打爛，整個空間裡充斥著至高卻混亂的能量。

紫氣天尊被許彌劈開的身體沒辦法重新聚合到一起，索性化成兩道身影，形成巨大法相，引導此地的混亂至高能量。

「既然沒有辦法改變這一切，那就大家一起毀滅吧！」

轟隆！整個高維度世界炸開了，其波動剎那間以超越光芒的速度，宛若宇宙膨脹般朝著四面八方擴散出去。

因為處在不同維度世界，地表所有三維世界的人，看到的唯有絢麗到極致的光。

那些境界高深的大乘、飛升期的修行者，中斷很多年的修行路，在這一刻不僅變得通暢，更是生出了難以想像的無盡感悟。

他們的修行境界瞬間就昇華了，道心澄澈，感悟著光芒中蘊藏的，彷彿來自彼岸的法。

下一刻，所有人看見了神跡，一朵彷彿要填滿整個宇宙空間的巨大蓮花，浮現在三維世界中，將那些奇詭絢麗的光芒頃刻間盡數吸收。

所有人都被這一幕震撼得說不出話，呆呆地看著頭頂那超級龐大的蓮花，沒有修行的普通人甚至不知道那是什麼！

一朵蓮花開，萬界啟生機。

紫氣天尊無法相信，自己以自爆換來的，會是萬界重啟的契機，破壞簡單，就像在一條巨大的水壩上掏個窟窿，重建卻太難了。

如果沒有紫氣天尊同歸於盡的舉動，想要實現萬界重啟還真的很難做到。

「難怪我會下意識脫口說出那些話，你是真的什麼都不是啊！」

頂級高維世界已經影響到三維世界，實際上不僅僅是三維世界，幾乎所有維度世界全都受到了這場戰鬥的影響。

最高維度的世界崩塌了，那群神族人，和秦國天團成員一起，被許彌用蓮花護住，一路送到三維世界。

他們從天而降，呆呆看著就在頭頂，彷彿占據了整個宇宙虛空巨大蓮花，然後都聽見了紫氣天尊臨死前的靈魂咆哮。

「你憑什麼看不起我？」

許彌沒有回答他，這會兒他正忙著呢，但從境界上來說，許彌已然超脫，可如果按照能量儲備，以及經驗來說，其實還是比紫氣天尊差很多的。

這也是為什麼紫氣天尊直到死都充滿不甘與怨念，沒辦法接受被一個完全不如自己的人擊敗。

不過在說完最後這句話後，紫氣天尊也變得沉默下來，他也終於明白，當年那個妖孽既然能留下許彌，這個承載彼岸神通的後手，就說明早已預見到了這一切。

「他當時可能只是因為忙著離開，沒有時間尋找我，所以隨手佈下一個棋局，而我自以為躲過那恐怖混亂的一世，可以在這一世稱尊做祖，實際上不過是個小丑，所以我的確是不配……」

紫氣天尊絕望的嘀咕著，他算計了所有種族，成為東方道域唯一的天尊級大能，想要重新洗牌整個九域，再次開啟那條隨時可以收割的人體秘藏修行體系，生生死死，永恆不滅，結果人家隨手丟下一套星月日蒼穹修行體系，就把他打到崩潰。

「這麼看的話，另外八域的那些競爭者們，也都好不到哪裡去……」

隨著這道意念，紫氣天尊徹底消散了。

一花開，萬界生！許彌用這混亂能量，為整個東方道域曾經被禍害的那些修行地，再次注入了無窮生機。

靈氣枯竭幾十年後，那些地方再次迎來了燦爛的大爆發！

在這過程中，許彌的思感籠罩了整個東方道域，『看』到了來自另外八域的一些覬覦目光。

「新神？」

「紫氣天尊隕落了？」

「老神隕落，新神誕生了！」

「東方道域的大事件！」

那些窺視覬覦的目光都很震驚，不敢相信紫氣天尊這種老牌至高，竟然會被一個年輕人給掀翻。

不過這件事情發生在東方道域，其他八域的那些生靈也很快反應過來，時至今日，他們依然被曾經那個妖孽支配著內心深處最大恐懼。

仙界，這個殘破而又淩亂的世界裡，一道身影正鬼鬼祟祟，試圖離開，先前哪怕紫氣天尊的那只大手在這裡大殺四方，他也沒有現身。

因為仙界的氣運很特殊，並不都在那些生靈們的身上，他想要趁著紫氣天尊去收割僅存神族間歇，將仙界最大的仙脈給盜走，然而東方道域發生的大事件，著實嚇到他了。

當感受到那朵巨大蓮花散發出的無盡生命精氣之後，這人毫不猶豫，轉身就要走，卻被一頭突然間打破壁障，殺入此界的巨大牛妖擋住去路。

「牛魔王？憑你這種小妖也敢找我麻煩？」

這身影籠罩在混沌氣中，面對牛魔王露出不屑一顧的神態，然而，就在下一刻，卻見牛魔王巨大的掌中猛然間具現出一根大棍，劈頭蓋臉向他打來。

嗡！整個空間都在顫動，超越這個世界的彼岸法則束縛天地！

這人被驚呆了，完全不敢相信自己看到的這一切。

「你怎麼可能掌握這種法則？」

哐！牛魔王的大棍當場將這人砸了個稀巴爛。

「投桃報李。」

碩大的牛頭表情平靜，又用手中大棍接連砸了好幾下，確保將這人徹底打死，這才停手。

這人簡直死不瞑目，無法想像一頭在上古神戰當中，受了不可癒合道傷的老妖聖，居然有機緣得到來自彼岸的至高法則，頃刻間頓悟，然後把他給滅了。

牛魔王自己也有些不敢相信，牠眨巴著一雙巨大的眼睛，環顧四周，不計其數的仙界生靈都在遙遠地方傻傻看著牠這裡。

「看什麼看？一群沒用的東西！」

牛魔王咕噥一句，拎著大棍，身形一閃，消失在仙界，迎向從其他大域飛來的那些身影。

許彌此時已經完成昔日的諾言——若有機會，定叫萬界復蘇！

他做到了，事了拂衣去，深藏身與名，從靈氣枯竭到靈氣復蘇的諸天無數修行世界，那些境界很低微的修行者和各種生靈，根本不清楚是誰做了這件事。

他們只知道，春天又來了。

許彌收起蓮花的法天象地，先是看了眼仙界那邊，正好瞥見牛魔王大發神威，一棍子打死那個試圖盜取仙脈之人。

許彌微微一笑，隨後看向另外七個大域，那裡都有可怕身影朝著這邊飛來。

他們顯然是不是來做客的，這些上古時代的餘孽，跟紫氣天尊未必是同族，但本質都是一類貨色！

眼看著紫氣天尊居然死了，便都想著趁東方道域的新神根基不穩，甚至可能受傷的機會，過來將其幹掉，然後瓜分了這個垂涎已久的世界。

這世界從來都是赤裸的叢林法則，尤其不同種族之間，更是如此！

讓這些強大存在沒想到的是，仙域那位隱藏了無盡歲月，一出關就被牛魔王這個老妖聖給打死，然後東方道域那尊新神，竟然在用大量能量與法則，恢復了萬界靈氣之後，沒做任何停歇，朝著他們這邊殺了過來。

「這是瘋了嗎？」

曾經藏在天庭所在的天域，如今自封域主的老者嘀咕了一句。

「也太目中無人了吧？」

藏身神域的域主瞇起眼睛，望向無盡遙遠宇宙空間方向冷笑。

「就算你幹掉了紫氣天尊，難道還能擊敗我們所有域主不成？」

鬼蜮域主渾身鬼氣滔天，所經之處全被黑暗所籠罩。

除此之外，還有精域的域主，怪域、妖域和聖域的域主也紛紛趕來。

其實真正造成他們躁動的原因還有一個，也是最主要的，發生在東方道域這場神戰，波及到了他們！

整個九域的最高維度……全都下降了！

此時他們雖然依舊處在高維空間，但最理想的生存空間已被無限壓縮。

這種情況下，唯有瓜分了東方道域，再把仙域也給拿下，用萬物生靈進行血祭，才有可能將這巨大損失彌補回來。

雙方在次高維相遇了，許彌跟牛魔王兩個，面對七尊域主，雙方展開一場血戰，這場戰爭整整打了七天，人間過去七年！

掌握著至高彼岸法則的許彌跟牛魔王渾身浴血，將整個維度空間都給打到崩潰。

七大域主心態都炸了，他們是想要恢復最高維度的，結果連這個維度也給打沒了。

「你們瘋了嗎？這樣對你們有什麼好處？把所有高維全部打爛，然後大家一起進入那個低級的三維物質世界嗎？」

鬼蜮域主半邊臉都被打沒了，他咆哮著，憤怒到極致。

「我們修行的目的是什麼？不就是為了升入更高維度，擁有永恆不滅的生命嗎？你們這是在毀掉所有生靈的路！」

天域域主也在發狂，他的半邊身子都被打爛了。

許彌身上爆發出無與倫比的強大生機，根本不理會這些人，不斷揮動手中未來之刃，也終於明白當年那場神戰之後，為何諸天神佛都選擇離開。

繼續留在這世界，最終只會像這些所謂域主一樣，修行到盡頭之後，最終將主意打到這個世界無數生靈身上。

當年的人體迷藏修行體系是這樣，如今的紫氣天尊等貨色也是如此，而真正的大能者，都是志存高遠，像留下星月日蒼穹傳承的那個人，像東方道域的諸天神佛，寧可在不可能中去開闢一條新路，也不願始終留在這裡，最終變得腐朽不堪。

許彌動用各種究極法，橫殺七大域主。

在人間第七年的時候，林瑜帶著秦國天團終於殺到這個維度中來，他們的境界和戰力固然不如許彌，但也已經衝進至高領域，不說一念之間毀天滅地，合在一起，也足以形成一股恐怖的戰力。

最終，七大域主全都隕落了。

許彌和牛魔王也身受重傷，林瑜這群人來得雖然晚，但面對垂死掙扎的七大域主，各自傷勢也都非常嚴重，沒有隕落，就已經算是萬幸。

一方面是自身已經足夠強，另一方面，也是都將太乙蓮花經肉身篇與神魂篇修行到極致。

和許彌一樣，林瑜等人也都看見了來自彼岸的那些畫面。

大戰結束後，林瑜第一時間帶人打掃戰場，將七大域主難以想像的海量頂級資源收集起來。

這個維度也徹底廢了，隨著戰爭結束，眾人離開，失去支撐的維度世界緩緩崩塌。

整個宇宙，最終穩定在三維物質世界。

秦曆二二零零年，距離那場慘烈大戰已經過去一百多年，整個世界早已恢復平靜。

秦皇退位了，不過如今在皇位上的人也不是六哥秦睿澤，而是小七秦睿書！坊間傳聞，說女皇陛下不結婚的原因是跟那個不可說的名字有一腿，各種小道消息都傳得有鼻子有眼。

之所以那個名字不可說，不是不敢說，而是不能說！

所有秦國人都知道他們有個守護神，不止一個，而是一群，可是那些人的名字，不知為何，像是在人間被抹除了。

哪怕是冰霜城三中的老師們，如今還活著的也都已經想不起那個名字，但是他們都知道，秦國最厲害的守護神，是出自冰霜城三中的！

此時，京城的一個秘境內，一座巨大的莊園氣勢恢宏地屹立在那裡，充滿現代化的大餐廳裡人聲鼎沸。

一群人正在這裡聚餐，許彌全家，林瑜和林淮，楚彤，張姝等，一眾秦國天團成員，秦皇、盧首輔、柳主任等人也都在。

分別坐在幾張大桌子前，吃著諸天萬界源源不斷運送過來的頂級食材。

自當年那場大戰徹底結束後，藍星上的萬界倖存修士們就紛紛返航了。

高維世界雖然已經崩塌，可秦國卻藏著一群擁有彼岸法則的恐怖存在，即使傷勢嚴重，也為他們開闢出一條通道。

當然，也有很多人選擇留下，回去那些人也經常會過來這邊，找許彌等人喝茶論道，更是派遣那些新收的弟子，順著通道往這個普通秘境的莊園裡，送最好的食材。

形象依然維持在三十出頭青年模樣的秦皇，看著許彌問道：「你的傷勢應該恢復差不多了吧？」

許彌放下酒杯，微笑著說道：「還差點，不過已經沒什麼關係了。」

盧首輔看著許彌問道：「真的不打算升維了？三維物質世界，除非走矽基生命那條路，否則終究會慢慢老去的。」

物質世界，熵增是不可避免的，這是大宇宙法則，即使是神，也無法改變。

許彌搖搖頭，道：「這個宇宙維持現在這種狀態就很好，生命有盡頭，大道卻沒有，我們如果真到接近腐朽的時候，會悄然離去的。」

柳主任有些激動地問道：「已經找到路了？」

這些年來，許彌沒有敝帚自珍，身邊人都擁有他擁有的一切法，除了沒有那顆綠色的月亮。

同樣沒有離開的應靜華，古皇宗宗主卓公瑾等人也都看向許彌，眼神中滿是期待。

許彌微笑著說道：「那條路可能不像你們想像中那樣美好。」

唐庚勝問道：「有危險？」

「很危險！這些年我始終在研究，當年那位留給我的資訊，基本可以得出一個結論。」許彌一臉認真，說道：「我們是在這山，那邊，是那山。」

秦皇微微皺眉，道：「這山望著那山高？」

許彌點點頭，回想起前些天他做的一個夢，已經很久沒做夢了，到他如今這種境界，幾乎沒什麼資訊能夠進入到他的夢境中，但那個夢很奇怪，許彌竟然夢見了宋煜。

那個留給許彌綠色月亮，留給秦人星月日蒼穹修行體系的青年大能，還夢見了曾經的諸天神佛。

他們在一個莫名之地常年征戰，有不可名狀古神，正在反復不斷衝擊著那群先輩鎮守的關口，戰鬥很慘烈，需要所有人齊心合力才能抗住。

在夢中，許彌甚至能跟那群人進行交流，他們告訴許彌，升維是個騙局！茫茫空間中存在無數的宇宙，每一個宇宙，對那些不可名狀的古神來說，都是一片韭菜地，只要生長，就會被收割，沒有完美的超脫，不存在真正意義上的跳出五行中！

想要不被收割，一方面得有他們這種人鎮守在通道盡頭，也就是所謂的彼岸，另一方面，是不主動升維，就活在真實的物質世界。

星月日蒼穹才是真正的宇宙精華，修行這個體系的法，儘管肉身終有一天會衰敗，但在太乙蓮花經的加持下，這個時間會被無限拉長！

等到什麼時候，現實世界人人如龍，隨便一個都擁有至高無上的強大神通，到那時，組成一個軍團，前來馳援！

沒能實現那一步的時候，哪裡都不要去！遵循真正的天道輪回，慢慢發展便是。

這些話，許彌並未對任何人提及，因為現在距離秦國人人如龍，徹底形成至高戰力還有漫長的路要走。

在夢中，一尊道祖級的大能還跟他說，世界維度不要去提升，但思想維度，卻不要止步！

唯有所有人的思想層次全都提升起來，這個世界才有更加光明的未來。

許彌看見諸天神佛反殺那些不可名狀的古神，看得熱血沸騰，很想參與進去！

許彌相信，按照如今諸天萬界，整個九域都在修行星月日蒼穹體系的狀態，要不了多少年，就可以真正實現那群前輩的願望。

秦人就是如此，沒有讓前輩在前面拋頭顱灑熱血，負重前行，自己卻躲在犄角旮旯享受的習慣。

「也許咱們是這山望著那山高，不過沒什麼關係。」

許彌笑著端起酒杯，看著這群相識一百幾十年的親朋好友。

「等什麼時候時機到了，我會帶著大家一起，去看那山的……血色風景。」

——全文完

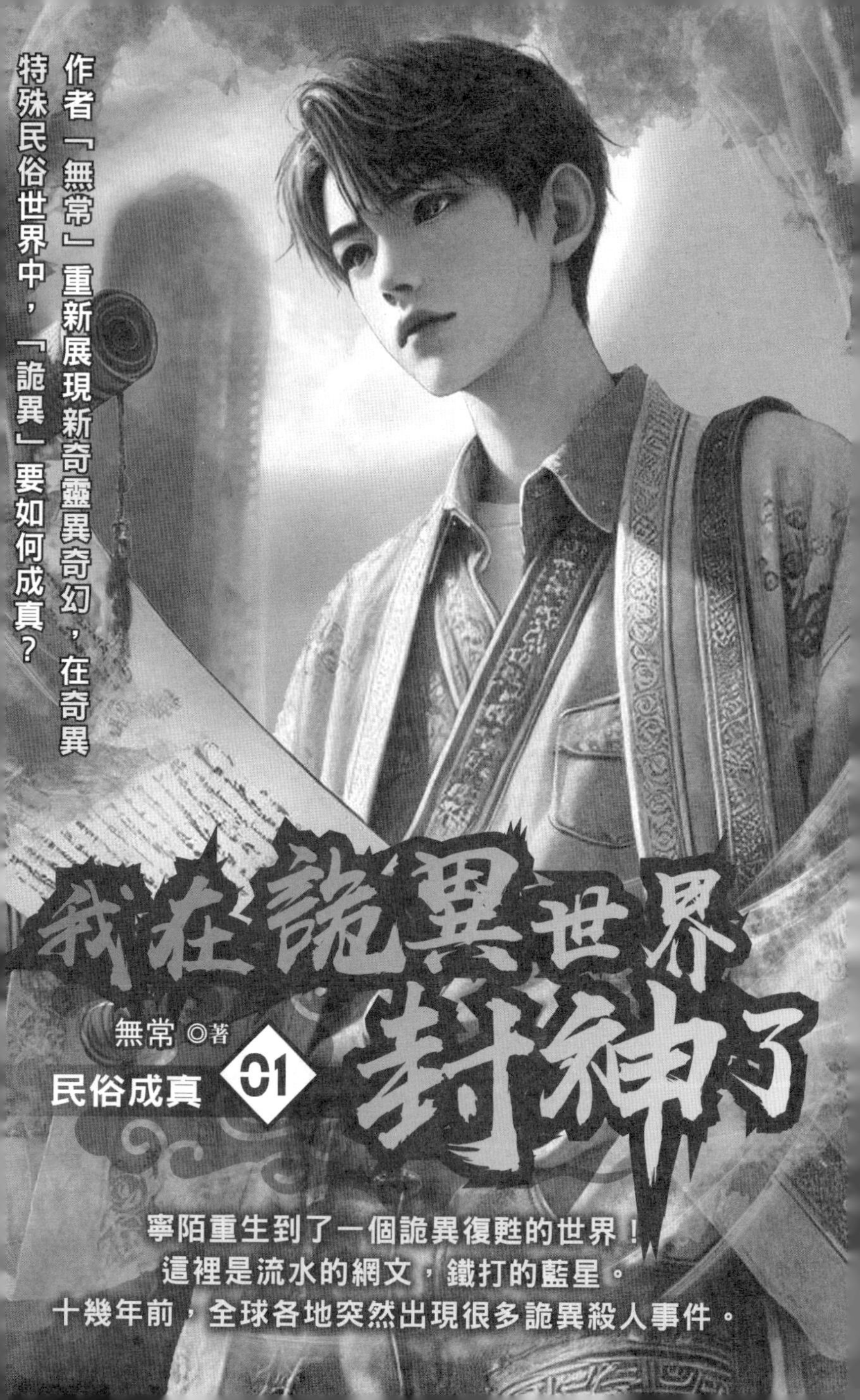
作者「無常」重新展現新奇靈異奇幻，在奇異
特殊民俗世界中，「詭異」要如何成真？
我在詭異世界封神了
無常 ◎著
民俗成真
01
寧陌重生到了一個詭異復甦的世界！
這裡是流水的網文，鐵打的藍星。
十幾年前，全球各地突然出現很多詭異殺人事件。

國家圖書館出版品預行編目(CIP)資料

萬界重啟 / 小刀鋒利作. -- 初版.
-- 臺中市 : 飛燕文創事業有限公司, 2025.01-

冊；公分

ISBN 978-626-413-081-3(第1冊:平裝).--
ISBN 978-626-413-082-0(第2冊:平裝).--
ISBN 978-626-413-083-7(第3冊:平裝).--
ISBN 978-626-413-084-4(第4冊:平裝).--
ISBN 978-626-413-085-1(第5冊:平裝).--
ISBN 978-626-413-086-8(第6冊:平裝).--
ISBN 978-626-413-087-5(第7冊:平裝).--
ISBN 978-626-413-088-2(第8冊:平裝).--
ISBN 978-626-413-089-9(第9冊:平裝).--
ISBN 978-626-413-090-5(第10冊:平裝).--
ISBN 978-626-413-091-2(第11冊:平裝).--
ISBN 978-626-413-092-9(第12冊:平裝).--
ISBN 978-626-413-093-6(第13冊:平裝).--
ISBN 978-626-413-094-3(第14冊:平裝).--
ISBN 978-626-413-095-0(第15冊:平裝).--
ISBN 978-626-413-096-7(第16冊:平裝).--
ISBN 978-626-413-097-4(第17冊:平裝)

857.7 113018022

萬界重啟 17 -END-

出版日期：2025年06月初版
建議售價：新台幣190元
ISBN 978-626-413-097-4

作　　者：小刀鋒利
發 行 人：曾國誠
文字編輯：不夜狐
美術編輯：豆子、大明
製作/出版：飛燕文創事業有限公司
公司地址：台中市南區樹義路65號
聯絡電話：04-22638366
傳真電話：04-22629041
印 刷 所：燕京印刷廠有限公司
聯絡電話：04-22617293

各區經銷商

華中書報社	電話 02-23015389
旭昇圖書有限公司	電話 02-22451480
智豐圖書股份有限公司	電話 05-2333852
威信圖書有限公司	電話 07-3730079

網路連鎖書店

金石堂網路書店 電話：02-23649989
網址：http://www.kingstone.com.tw/
博客來網路書店 電話：02-26535588
網址：http://www.books.com.tw/

若您要購買書籍將金額郵政劃撥至22815249，戶名：曾國誠，並將您的收據寫上購買內容傳真到04-22629041

若要購買本公司出版之其他書籍，可洽本公司各區經銷商，或洽本公司發行部：04-22638366#11，或至各小說出租店、漫畫便利屋、各大書局、金石堂網路書店、博客來網路書店訂購。
▶如有缺頁、破損，請寄回更換！

Fei-Yan 飛燕文創